流されて円楽に
流れつくか圓生に

六代目三遊亭円楽

竹書房

はじめに

十郎ザエモン

テレビ番組「笑点」大喜利でのレギュラーも長く、その知性的な回答力とちょっとブラックなキャラで人気の六代目三遊亭円楽師、これをお読みの皆様のイメージはどんなもんだろう。テレビで見る円楽師匠はやせていて華奢に見える。また青山学院大学卒業という学歴を知る人はいいところの落語好きお坊ちゃんがそのまま落語家になったものだと思われているかもしれない。

実はかくいう私もおぼろげにはそんなイメージでテレビの師匠を拝見していた。だがお会いしてお話しをうかがうほどにそんな推測や思い込みが見事に壊されて行く日々となった。

円楽師は偉業の人である。現在、落語界全体を見渡して仕事をしている師匠はこの方以外に見当たらない。もちろん落語協会や落語芸術協会などの枠にとらわれずに動くことが出来るという立場もあるだろうが、〝博多・天神落語まつり〟

や〝さっぽろ落語まつり〟などはこの円楽師以外どなたにもプロデュース出来ないだろう。東西の有名落語家を横断的に集合させて落語のお祭りに仕上げるという作業が簡単でないことは容易に想像出来る。社会人となって何か会社の一プロジェクトを任されたことがある人間ならわかるはずだ。

円楽師は下町の貧乏な家に生まれた。まるで落語の長屋暮らしだ。絵に描いたような貧乏と言っていいだろう。そんな中で育った師匠は肉体的にも精神的にもたくましかった。『大工調べ』の棟梁の子供時代はこうだったのではないか？と想像してしまう。ただひとつだけ違ったのはたくましさだけではなかったこと。知恵と想像力も持ち合わせていたところだ。ある意味〝天才〟と言っていい。本文を読み進めばその理由が見えてくる。高校から大学へと進むにしたがってその天才ぶりに磨きがかかるのだ。

大学から五代目圓楽師への入門は〝流されて〟と表現しているが、嫌々落語家になったのでないことは一目瞭然だ。入門してからの円楽師は実に多くのベテラン落語家に可愛がられている。またその名人たちの落語に濃密に接していたのだ。嫌いでなれるはずがない。ところが円楽師はご自身の落語に対する評価が意外に高くなく遠慮がちである。それはおそらく綺羅星と輝くその時代の名人たち、桂文楽、三遊亭圓生、笑福亭松鶴、等々と身近に接しその芸を見てきたからだろう。頭のどこかにそんな名人たちを置いておくからかもしれない。

しかし現代を活写し、今の時代の笑いとは何かをとらえているその眼は確かなものだ。この数年に見舞われた病を乗り越えての円楽師はさらにその先を見据えている。まだまだ続きがある。

目次

編集部よりのおことわり

◆本書に登場する実在する人物名・団体名については、一部を編集部の責任において修正しております。予めご了承ください。

◆本書の中で使用される言葉の中には、今日の人権擁護の見地に照らして不当・不適切と思われる語句や表現が用いられている箇所がございますが、差別を助長する意図を以って使用された表現ではないこと、また、古典落語の演者である六代目三遊亭円楽の世界観及び伝統芸能のオリジナル性を活写する上で、これらの言葉の使用は認めざるをえなかったことを鑑みて、一部を編集部の責任において改めるにとどめております。

第一章　流されて円楽に　平成二十年 八月十七日

「楽《らく》や、おまえ、何時《いつ》になったら円楽になるんだよ？」

ソファーに深く腰掛けたウチの師匠の眼が、真っ直ぐ俺を見ていた。

時は平成二十年七月、場所は中野坂上のウチの師匠の御自宅。

ウチの師匠とは、五代目三遊亭圓楽［＊1］、御年七十五歳。

俺の横には、師匠の事務所の藤野［＊2］さんがソファーに浅く腰掛けて、師匠の視線を後押しするように俺を見ていた。

そして、俺は三遊亭楽太郎［＊3］。ウチの師匠から〝圓楽〟の名をゆくゆくは継ぐように約三十年前から命じられている弟子の身だ。この〝ゆくゆくは〟があまりにも遠い将来のことに思えていたので、最近まで全く実感が湧いていなかった。

「いろいろと準備をしなくてはなりませんので、暫く時間を頂きたいと思いま

［＊1］五代目三遊亭圓楽　六代目三遊亭圓生の一番弟子、昭和に開始したテレビ番組「笑点」で人気を博しその後落語界若手四天王の一人として活躍。師匠圓生の落語協会脱退の際、行動を共にし、圓生亡き後は自ら落語団体である〝圓楽一門会〟を設立した。昭和7年東京生まれ、昭和30年入門・前座名全生、33年同名にて二つ目、昭和37年真打昇進、五代目三遊亭圓楽を襲名。「笑点」大喜利四代目司会者として活躍後平成21年逝去。

［＊2］藤野　藤野豊。五代目三遊亭圓楽のマネージャー、当時の圓楽のキャッチ・フレーズ「星の王子様」からとった〝星企画〟という芸能事務所を創設した。

す」

「それは昨年から聞いている。あたしが落語家を引退したときに、ハッキリと、直ぐに圓楽はおまえ、楽太郎に継がせると言った筈だ。それはもっと前から、圓生師匠が亡くなったときに、おまえに圓楽を継がせると話した筈だよ」

「ええ、でも、鳳楽《ほうらく》［＊4］兄《あに》さんとも順番を相談して……」

「鳳楽には、七代目三遊亭圓生を継がせる！　そっちは六代目のご遺族との時間がかかるから、おまえの圓楽を先に済ませるのだ。せめて世間に早く発表しておくれ」

（困ったな）

とは、俺の率直な感想だった。今日呼び出された時から嫌な予感があった。楽太郎の名前を大師匠の六代目三遊亭圓生からいただいて三十八年、周りの助けもあったが自分の努力もあって、俺が五十八歳の今、大きな名前に育て上げたという自負もあり、その名前に愛着もあった。出来れば、圓楽を継がないで楽太郎のまま噺家人生を終えたかったし、ウチの師匠の衰えと老いを考えると、（襲名の件は、忘れてくれないかな？）と一筋の希望の光があった。それほど、この数年は、五代目三遊亭圓楽は老いと衰えの坂を下っていたのだ。

［＊3］三遊亭楽太郎　六代目三遊亭円楽の前名。昭和45年から平成22年まで。

［＊4］鳳楽　三遊亭鳳楽。昭和40年五代目三遊亭圓楽に入門、前座名楽松、47年同名にて二つ目、昭和54年真打昇進、三遊亭鳳楽となる。

平成十三年の春、ウチの師匠が六十九歳の時に起きた小さな変化がはじまりだった。『笑点』の司会をしていたウチの師匠は、大喜利のコーナーが始まるや否や、

「先ずは二問目！」

と言って、これには回答者メンバーが驚いた。ただし、客席の反応が良くて、

「さすが圓楽師匠！　司会者としての摑《つか》みのギャグが抜群に面白い」

と、上手い具合に誤解してくれた。高座のメンバーも客席の雰囲気を読んで、笑いに変えたから、ディレクターもそのまま編集しないで使った。その第二問が終わったところで、未だもう一問の問題の収録が残っているのに、

「と、言ったところで『笑点』お開き！　また来週のお楽しみ、ありがとうございました」

っと、言ってしまった。その場は冒頭のフリがあったから客の大爆笑を誘い、俺を含めて他のメンバーが、直様に笑いの処理を行い、無事に三問目に進行した。笑点メンバー全員が落語家であったことに、俺は今更のように感謝した。何故なら、客席の〝いい方向への解釈や誤解〟を見ることにかけて、またそれを利用することにかけては、落語家ほど機を見ることに長《た》けた存在はいない。だが、ウチの師匠は気がついていたし、その誤解を利用もしなかった。それをするのは

悪用だと思ったのだろう。その失敗が、脳梗塞の前兆であることに気がついていたのだと思う。

平成十七年には、大喜利で挙手をした林家たい平を指さしながら、

「え〜と、……誰だっけ？」

って、名前を思い出せないこともあった。ありがたいことに、たい平も直ぐに笑いに変えてくれた。おかげで、その後も、他のメンバーを指名してから名前が出て来るまで時間がかかることがあったが、老いを利用したギリギリのギャグと客に解釈させたことで、ウチの師匠の司会を延命させていたのだ。

もともと当意即妙なアドリブを苦手にしていたウチの師匠は、度重なる『笑点』の司会の失敗に、自分でも嫌気がさしたのだろう。平成十八年の五月十四日放送分の収録を終えると、『笑点』を勇退してしまった。

『笑点』の勇退後、ウチの師匠は落語家としての芸の熟し方に疑問がわいたのだと思う。これは、俺も同じで、若くしてテレビ・ラジオで売れっ子になった噺家全員が感じる疑問だった。

（俺は、テレビ番組《こんなこと》ばかりやっていて、落語を修業しなくていいのだろうか？）

このことに早めに気がついた立川談志師匠や、若いときはテレビ番組で売れていた柳家小三治師匠は、落語家の本分を取り戻すかのように活動の主軸を高座に

移し、芸を磨きあげて齢を重ねて行った。勿論本人の才能や環境の違いはあるが、高座に専念した落語家人生を送った方が、落語家としての世間の評価が高まるのは当たり前で、何よりも芸に対する本人の充実感が全く違うものになる。高座に専念することが若いときから許されていたなら、落語家は己の人生に迷いが無い。その点で、ウチの師匠は落語家としての最晩年は、迷いに迷っていた。

ウチの師匠が四十六歳のとき、大師匠の六代目三遊亭圓生と共に落語協会を脱退し新協会を立ち上げた。所謂、「落語協会分裂騒動」［＊5］で、以来東京のすべての寄席から六代目三遊亭圓生一門は追放されてしまった。そのため、ウチの師匠は大師匠を含め一門の活動の場を全国地方公演に求め、その仕組みをウチの師匠のマネージャーの藤野さんと一から作り上げたのだ。とても落語を修業する時間など取れなかったと思う。

また、圓生師匠が亡くなった四年後、急死した三波伸介［＊6］氏に代わり『笑点』の四代目司会者に就任、以降勇退まで二十三年間も同番組の司会を務めた。地方公演では全国区の知名度が無いと客の入りが期待出来ないので、一門の落語を演る主な場は地方公演が多かったウチの一門にとって、広告塔の役割を果たしてくれていたのだ。つまり、分裂騒動以降、ウチの師匠は、寄席に出演《で》れず、芸

［＊5］落語協会分裂騒動　昭和53年、六代目三遊亭圓生が当時の落語協会会長五代目柳家小さんの方針である大勢の二つ目を真打昇進させることに反対し、落語協会を脱会し新協会「落語三遊協会」を設立した事件。当初は圓生の意見に同調の意思を表す有名落語家も何人かいたが、東京の寄席席亭の総意で新協会は寄席出演できないことになり、結果新協会は圓生一門だけの船出となった。

［＊6］三波伸介　テレビ番組「笑点」大喜利三代目司会者。元々はコメディアン〝てんぷくトリオ〟のメンバーとして活躍、「笑点」大喜利二代目司会者 前田武彦の後を受けて就任、その後テレビ・タレント、俳優として大活躍した。

を切磋琢磨する同世代の他流派の落語家とも没交渉になり、一門を養う仕組みを試行錯誤した結果、高座に専念することが出来ずにいたのだ。そして老いと衰えから、『笑点』の司会を勇退した。つまり、生涯を通じて落語の修業にかける年月が圧倒的に少ないまま、最晩年に一噺家《いちはなしか》に戻ったかたちになった。

もしも、ウチの師匠がこの段階で、己のことを〝芸に磨きをかけられないまま老人になった落語家〟と考えたのなら。恐ろしいほどの虚無感や敗北感に襲われたのではないだろうか。但し、ウチの師匠は恐ろしいほど大胆な自信家で、大雑把な人間だった。そして、その基本哲学は、

（落語家は、なめられてはいけない）

と云うものだった。なので、この時点で、五代目三遊亭圓楽の最大の関心は、

（あたしは、落語家としてなめられていないだろうか？）

と云うものだった筈だ。もとより若いときから潔い即決を下す逸話を残して来た師匠だった。『笑点』の司会を勇退したすぐ後に、落語家の引退を考え始めていたのだと思う。

ちなみに師匠が四十五歳のときに下した潔い決断が、未だ二十七歳の二つ目［＊7］だった俺が『笑点』のレギュラー回答者に抜擢される理由となる。それは

［＊7］二つ目　東京の落語界における身分制度のうちのひとつ。通例は入門して〝前座〟となり、数年修業したのち〝二つ目〟となる。この身分になると高座で羽織を着ることができる。ただし近年は入門後すぐ〝前座〟とはな

師匠の師匠で、俺から見れば大師匠の六代目三遊亭圓生師匠が、大変に芸に厳しかった。大師匠から見れば、『笑点』の大喜利なんて芸を磨く場所ではなく、遊んでいる場所だった。なので当然、圓生大師匠からウチの師匠は窘《たしな》められることになった。圓生師匠は、新聞のインタビューで、

「圓楽《こいつ》は、『笑点《あんなもの》』に出て、ロクなもんじゃありませんよ」

と、小言をこぼしてしまった。ウチの師匠は、その記事を読んで、

「冗談じゃねぇ、辞めてやる」

と、テレビ局に無断で番組の収録を休むようになった。アシスタントで収録に行っていた俺は、

「紫の着物着て座布団に座っているだけでいいから」

と、ディレクターさんに言われて、急きょ師匠の代理で大喜利に出演した。このことがきっかけで、『笑点』のレギュラー回答者に選ばれたのだ。

話は、ウチの師匠が落語家の引退を考え始めたことに戻る。

若いときの同時期に世間から高く評価された落語四天王［＊8］の中の古今亭志ん朝［＊9］師匠、立川談志師匠は、九十年代に更に落語家としての評価を急激に高めていった。逆にウチの師匠は若いときの評価で止まってしまっていると、当

れず、〝見習い〟という期間を設けている。二つ目の後はさらに10年ほどの修業後に席亭等に認められ〝真打〟となる。〝真打〟になると、〝師匠〟と呼ばれ、弟子をとることができ、寄席で主任（トリ）をとることが出来る。尚、関西にこの制度はない。

［＊8］落語四天王　当時、落語界で若手の人気者4人をこう呼んだ。古今亭志ん朝、立川談志、春風亭柳朝に五代目三遊亭圓楽の4名。ただし昭和57年に若くして病に倒れた柳朝の代わりに月の家圓鏡を入れて四天王とした時代もある。

人は感じていたようだ。さっきも書いたように、芸に極端に厳しい大師匠の六代目三遊亭圓生の下で修業を積んだウチの師匠は、『笑点』を引退した後、己の落語家としての技量に疑問を感じてしまったのだと思う。それほど、プライドが高く潔い生き方をしてきたのだ。

「『笑点』の司会引退後の圓楽は、落語もどうもね？」

って、世間に言われるくらいなら、自分で引き際を判断しようとしたのが、平成十九年二月の国立演芸場の「国立名人会」。半年前から、若いときから得意にしてきた古典落語の名作人情噺『芝浜』を〝根多《ねた》出し〟[＊10]して稽古に励み、遂にはマスコミに、

「出来に納得がいかなかったら、落語家を引退する」

と、発表してしまったのだ。

これには落語界が驚いた。俺も含めて落語家がもっと驚いたのは、自身の進退をかけた演目の稽古方法だった。なんと、ウチの師匠は自分の若いとき三十代の『芝浜』の録音を手本にして、七十五歳の身でそれを完璧に再現、もしくはそれ以上の『芝浜』を演じようとしていたと云うのだ。

運命の日となった平成十九年二月二十五日、国立演芸場で演じた『芝浜』の出来にウチの師匠は納得しなかった。弟弟子にあたる六代目三遊亭圓窓[＊11]師匠

[＊9] 古今亭志ん朝　名人五代目古今亭志ん生の息子という血筋だけでなく、テレビ・タレントとしても活躍し、落語家としてもその華麗な芸風で人気を博した。昭和32年古今亭志ん生に入門、前座名朝太、34年同名にて二つ目、昭和37年真打昇進、三代目古今亭志ん朝を襲名、平成13年逝去。

[＊10] 根多出し　落語の演目名を〝ネタ〟と呼ぶ。縁起をかついで〝根多〟と表記するが、落語会などで事前に当日演ずる演目を発表・告知をすること。

[＊11] 六代目三遊亭圓窓　五代目圓楽の弟弟子、昭和53年師匠圓生の落語協会脱会に伴い行動を共にしたが、圓生の没後55年に落語協会に復帰した。昭和34年

が、

「袖から見ていても、まだまだ演《や》れるじゃないの？　高座に上がらない圓楽兄《あに》さんなんて考えられないですよ」

と、ウチの師匠を説得しようとしたが、口演後の記者会見で、ウチの師匠は落語家としての現役引退を表明してしまった。師匠の決意は頑なで、引退記念の落語会も拒否したため、この日に演じた『芝浜』が最後の高座になった。


「いったい何時《いつ》、発表するんだい？」

話は、冒頭の平成二十年七月の師匠の家に戻る。

ウチの師匠の〝生前贈与〟の意思は堅く、のらりくらりしている俺の心を見透かして、記者発表の席を用意して、俺の口から世間に約束させようとしているようだった。

「……師匠がそう仰るなら、すぐにでも記者発表したいところですが、会場がそうは簡単に予約《と》れませんし、会場の空き日とわたしのスケジュール調整もございますので、半年後を目安にしては如何でしょうか？」

「あたしはそんなに待てないよ！」

ピシリとそう言うと師匠は眼を閉じてしまった。この眼が再び開くのは、耳触《みみざわ》

八代目春風亭柳枝に入門、前座名枝女吉、同年師匠柳枝没後六代目三遊亭圓生門下に移り、三遊亭吉生と改名、37年同名にて二つ目、昭和44年真打昇進、六代目三遊亭圓窓襲名。

りの良い解決策が聞こえて来るときだけだ。俺の横の藤野社長が座りなおして、口を開いた。

「師匠、一つご提案があるんですけどね。来月一門の孫弟子の真打昇進披露パーティーが浅草ビューホテルでございます。その前後の時間に空いてる部屋を借りて、マスコミ記者会見を開くと云うのは……」

師匠の瞳が開いた。（まずい！　好二郎《こうじろう》［＊12］に迷惑がかかるかも知れない）と思う間も無く、

「それは良い。楽や、おまえも勿論出席するだろうから、日程は大丈夫だろう？」

すかさず藤野社長が、

「はい、楽太郎さんもスピーチをお願いしていますから。他にも芸術協会［＊13］から小遊三［＊14］師匠、落語協会［＊15］からは林家木久扇［＊16］師匠がスピーチに来てくれる予定ですので、記者会見も華やかになって、マスコミも大勢来ると思いますよ」

俺は、何も疑問を感じないで、ことを進める二人を制したかった。

「ちょっと待ってください。好二郎のほうは、大丈夫なんですか？　一生に一度の真打披露の席ですよ」

［＊12］好二郎　三遊亭好二郎。三遊亭兼好の前名。平成10年三遊亭好楽に入門、前座名好作、14年二つ目で好二郎、平成20年真打昇進、三遊亭兼好となる。

［＊13］芸術協会　公益社団法人落語芸術協会のこと。昭和5年日本芸術協会として発足、初代会長は春風亭柳橋。当初は新作落語を演ずる落語家が多く所属した。昭和52年桂米丸が会長に就任、同年〝社団法人落語芸術協会〟と改称。平成23年内閣府の認可を受け公益社団法人となった。現在は落語家以外の芸種、講談などの芸人も多く所属している。令和元年、「笑点」大喜利の司会者としても有名な春風亭昇太が会長に就任した。

（何をバカなことを）とでも言いたげにウチの師匠は、

「だからいいんじゃないか？　一生に一度の真打披露の席に、一門の大きな慶事で花を添えるんだ。好二郎だっけ？　喜ぶんじゃないか？」

（俺だったら、嫌だな。一生に一度の自分が主人公の日に、脇から一門の政治が持ち込まれるのは、……少なくとも、事前に良いか悪いか相談ぐらいはして欲しいな）

　と思う間もなく、藤野社長が、

「わたしから好楽［＊17］さんと好二郎さんに連絡しておきますよ。浅草ビューホテルのマスコミ用の部屋取りもお願いしておこうかな。新規に予約するより、向こうの追加でお願いした方が安くなるだろうし、勿論差額はこっちで払いますから……。だから、楽太郎さんは何も連絡しなくて大丈夫です」

（言われなくても、連絡し難いよ）と思っているとき、師匠の視線がまたこっちへ戻ってきた。

「楽や、これで発表の日が決まったけど、襲名して〝圓楽〟にはいつなるんだい？」

　俺は腹を決めた。決めたからには、さっきのマスコミ発表のような〝なし崩し〟にはしたくなかった。

「師匠、わたくしが圓楽の御名前を頂くからには、師匠に喜んでもらえるよう

［＊14］小遊三　三遊亭小遊三。昭和43年三代目三遊亭遊三に入門、前座名遊吉、48年二つ目で小遊三、昭和58年同名にて真打昇進。落語芸術協会にて前会長桂歌丸逝去のあとしばらく会長代行として活躍した。現在「笑点」大喜利のメンバーとしても活躍中。

［＊15］落語協会　一般社団法人落語協会のこと。大正12年、東京の落語家が集まり〝落語協会〟を設立。その後落語家たちの離合集散など紆余曲折がありつつも存続し、昭和52年社団法人となった。一時期は古典落語を中心とする落語家が多く所属すると言われていたが、現在は新作、古典にかかわらず多くの芸種・芸人が所属している。平成26年前会長の柳家小三治の後をうけ柳亭市馬が会長に就任した。

に、大きく立派な襲名披露にしたいと思います」

「……うん、うん」

「襲名披露公演も、……難しいこととは思いますが、三十年前に我が一門が追放となった東京のすべての寄席で披露興行を行いたいと思います」

「ほぉー……」

これには、ウチの師匠も藤野社長も驚いていた。それと同時に、（こいつなら実現するだろう）という目で見てくれていた。と云うのは、十九年前にウチの師匠が自費で建設した寄席『若竹』［＊18］を経済的な事情で潰した翌週に、俺は単身、永谷商事［＊19］に伺って、現在の圓楽一門会専用の寄席である『両国寄席』［＊20］にあたる寄席の設立と運営の提案をして、実現させた実績があるからだった。

「先ほど決めた来月の襲名発表を契機に、全国二百五十以上の会場で襲名披露興行を開催する準備に入りたいと思います。各イベンターの皆様にも手を挙げてもらわなければなりません」

（これは大変なことになる）と反応したのが、イベンターでもある藤野社長だった。

「地方のホールの分だけでも、少なくても準備に二年はかかる。東京の寄席は、

［＊16］林家木久扇　昭和35年三代目桂三木助に入門、前座名木久男、36年師匠三木助没後、八代目林家正蔵門下に移り林家木久蔵と改名、40年同名にて二つ目、昭和48年同名にて真打昇進、平成19年木久蔵の名を息子に譲り、自らはテレビで名前を募集、木久扇と改名した。現在「笑点」大喜利のメンバーとしても活躍中。

［＊17］好楽　三遊亭好楽。昭和41年八代目林家正蔵に入門、前座名九蔵、46年同名にて二つ目、昭和56年同名にて真打昇進、57年師匠彦六（正蔵から改名）没後、58年に五代目三遊亭圓楽門下に移り三遊亭好楽となる。現在「笑点」大喜利のメンバーとしても活躍中。

［＊18］寄席『若竹』　五代

政治の問題だから、全く目途が立たない」

　俺は師匠の顔から眼を逸らさずに続けた。

「少なくとも芸術協会が入っている寄席は、歌丸［＊21］師匠に相談して二年後に興行をうてるようにいたします。……それと、わたしは師匠との縁と、自分の節目を信じたいと思います」

「……何だい？　縁と節目ってのは」

　ウチの師匠の瞳から頑固な意思が消えた。これで、無茶苦茶に急く様なことは言わないだろう。

「わたしが何かの縁で師匠に乞われて弟子にしていただいたのが三十八年前で、わたしが二十歳の節目の年でございます。そして、わたしが真打になったのは二十七年前の三月で、この三月との縁を大事にしたいと思います。そして二年後にわたしの大きな節目として、還暦となります。大師匠［＊22］の圓生師匠から頂いた楽太郎と云う名前も、その三月でほぼ四十年の節目でございます。ですので、平成二十二年、今から二年後の三月に襲名させていただくと云うのは、如何でしょうか？」

「分かった。……二年後か、命を繋がなくちゃねぇ、がっはっは」

良かった。師匠の老いと衰えと名前を継承させたい焦りから、この部屋が鉛色

目三遊亭圓楽師が昭和60年に私財を投じて建設した寄席。落語協会を脱退した一門にとって落語定席に出演できないことがハンデになると考えてのこと。しかし経営はなかなかうまくゆかず平成元年に閉鎖した。

［＊19］永谷商事　都内に何軒かのイベントスペースを持つ不動産会社。落語などの定席としての機能を持つスペースを保有している。お江戸日本橋亭、お江戸上野広小路亭、お江戸両国亭、新宿永谷ホールなどがあり常に落語や講談などの演芸を中心に営業がなされている。

［＊20］『両国寄席』　お江戸両国亭にて毎月1日から15日まで五代目圓楽一門会が主催・運営している寄席の名称。

に見えていたような気分だったのだが、よく見ると、この応接室の片隅は幼児用の玩具が幾つか転がっている。久々に聞く師匠の陽気な笑い声に、部屋の中の物が本来の色彩を取り戻していくようだった。特に原色が鮮やかに塗られた玩具から、ウチの師匠がお孫さんをあやす様子が伝わってきた。現役時代の師匠からは考えられないことだった。落語、落語、仕事、仕事で、自分の子供ですら可愛がる時間が取れなかったからだ。

そう云えば、先日TBSの廊下でバッタリであった演芸評論家の川戸貞吉〔＊23〕先生も同じようなことを言っていたのを思い出した。

「この間、全《ぜん》さん〔＊24〕の家を久しぶりに訪ねたんだよ。近くまで行ったから、約束しないでね。昔は、そんな急な訪問でも、落語の話が尽きないから二時間でも三時間でも一緒に居てね。『居残り佐平次』〔＊25〕のサゲの噺なんかしていたんだ。そこへ子供なんか入って来ようもんなら、真っ赤になって怒ってね。『仕事の話をしているから、出てけぇー』

って、怒鳴ってたんだよ。それがこの間はさぁ、部屋中に玩具が転がっててね、ちょっと話しただけで、

『これから孫と遊ぶから、帰ってくれ』

〔＊21〕歌丸　桂歌丸。昭和26年五代目古今亭今輔に入門、前座名今児、29年同名にて二つ目、昭和36年師匠今輔から破門され、兄弟子である米丸門下に移り桂米坊と改名、39年歌丸に改名、昭和43年同名にて真打昇進。テレビ番組「笑点」には初期から大喜利メンバーとして出演し人気を博した。後に五代目三遊亭圓楽逝去の後を受け司会者として活躍、また落語芸術協会会長として、さらに横浜にぎわい座の館長なども務めた。平成30年逝去。

〔＊22〕大師匠　落語界では通例、自分の師匠の師匠をこう呼びならわしている。

〔＊23〕川戸貞吉　TBSテレビの番組「落語研究会」などの元プロデューサー。演

って、追い出されちゃったよ。孫バカって言うのか、あれは?」

と、ウチの師匠と学生時代からの親友だった演芸評論家は、少し寂しそうな顔をしていた。

「勿論ですとも、師匠、長生きしてください。あっはっは」

藤野社長が笑ったあとで、師匠に如何にも経営者としての事務的な質問をした。

「ところで、楽太郎さんが圓楽師匠を襲名したら、師匠は何て名乗られるのです?」

「あたしは、本名の吉河寛海《よしかわひろうみ》に戻るからね」

それには。俺が驚いた。

「駄目ですよ、師匠。師匠は、五代目圓楽、ぼくは六代目円楽って名乗ればいいじゃないですか?」

「……圓楽が二人いたら、おかしいだろう?」

「じゃあ、世間も納得するように、『馬圓楽』と『黒円楽』にしますか?」

「……バカ野郎」

師匠が眼を細めている。喜んでいる証拠だった。こういう馬鹿馬鹿しいアドリ

芸評論家。落語への造詣が深く、貴重な落語資料を幅広く大量に保有している。演芸評論だけでなく仕事は多方面にわたり、制作物では「立川談志ひとり会落語CD全集」他や、著書では「落語大百科」「現代落語家論」など数多く残している。

［＊24］ 全さん　三遊亭全生。五代目三遊亭圓楽の前名、全生の名からとり、親しい間柄では「全さん」と呼ばれていた。

［＊25］ 落語の演目『居残り佐平次』　佐平次という男が客として入った品川の遊郭で、金を払わず逆に稼ぎ始めてしまうという噺。

ブは、師匠が最も苦手だった。後《のち》にある一つ名前を師匠に提案した。歌舞伎の猿之助襲名［＊26］のエピソードにならって、

「師匠は、圓翁《えんおう》になりましょう。で、あたしが円楽になればいい。屋号はね、三遊亭はやめて、『澤瀉屋《おもだかや》』ならぬ『面長屋《おもながや》』にしましょう」

「おまえは、くだらねぇ。そんなことばっか考えてんだな。稽古しろ！」

師匠は噴き出しながら、小言をくれたっけ。

一か月後の『三遊亭好二郎改め三遊亭兼好真打披露』は、あっと言う間にやって来た。世間の話題は、連日のうだるような暑さと、開催中の北京オリンピック、そして、夏の甲子園だったと憶えている。

この日に真打となり名前を兼好と改める好二郎は、三遊亭好楽さんの二番弟子で社会人経験があって入門が遅く、三十八歳での真打昇進だった。但し、落語的なセンスはずば抜けて冴えていて、ウチの師匠が発起人でもある二つ目奨励の落語会である『にっかん飛切落語会』［＊27］で何年も賞を獲っていて、いつの間にかキャッチコピーが、「円楽一門会の希望の星」ってついているほどだ。この日を境に名前を兼好と改めているので、今後は兼好で統一することにする。

余談だが、書籍の編集作業にはこうした名前の統一作業って奴が大事だそう

［＊26］猿之助襲名　平成24年、三代目市川猿之助が当代の四代目市川猿之助（元・二代目市川亀治郎）に名跡を譲った際のこと。猿之助の名前を四代目に譲った先代は隠居して〝猿翁〟と名乗った。

［＊27］『にっかん飛切落語会』　五代目三遊亭圓楽が発起人となり日刊スポーツ新聞社がこの要望を受け、昭和49年にスタートした二つ目奨励のための落語会。改装前のイイノホールにて長らく続けられた。当時から大看板の師匠方や若手の人気者の数々が出演した伝統のある落語会。

だ。噺家で頻繁に改名している奴は、編集者泣かせということか……。

　俺の気持ちが楽になったのは、兼好が俺の記者会見を、真打披露の同日に同じ場所で行うことについて、「あたしの披露目の良い宣伝になります」と喜んでくれたことだ。好楽さんに入門した時点で、既婚者で二人も娘がいる父親の顔を持つ落語家は、俺が思っているほど弱くなく、強《したた》かで世渡りが上手いようだ。俺が同じ立場だったら、やはりこう答えるだろうなぁと思った次第。

　ウチの師匠は体力的な問題で、〝三遊亭圓楽生前贈与記者会見〟だけ出席することになり、兼好の披露目の先に記者会見用の部屋を借りた。勿論、ウチの師匠も俺も、兼好にお礼を言ったのだが、兼好がまた可哀そうなことになった。ウチの師匠が、兼好に話しかけたときのことだった。

「（真打に昇進してからの名前は）何になるんだい？」

「はい、兼好になります」

「（首をふり）兼好なぁ、うーん、……好太郎のほうが良いと思うんだけどな……」

「……私、好二郎なんです……」

「好太郎、良い名前じゃねえか」

　って、好太郎って、兼好の兄弟子で『好太郎』が居ることも覚えてないんだよね。

この日の主役の兼好の襲名披露パーティーには、何人か他の流派の落語家がゲストで呼ばれていた。他の流派と言っても、皆、『笑点』の仲間だったり、昔は同じ協会の同期だったりして、俺の圓楽襲名の記者会見の段取りを聞いても、驚いてはいたが不愉快な顔をする噺家は一人もなく、皆、喜んでくれた。その証拠に、兼好の祝いのスピーチに、俺の圓楽襲名の話題を織り込んでいてくれた。当時の世相もよく現していて、今、記録用のビデオを見ても面白い。ウチの業界では、

「噺家は世情のあらで飯を食い」

と言うが、その感じも、各噺家の個性が出ているので、抜粋しようかと思う。

先ずは、兼好の師匠である三遊亭好楽さんのスピーチから抜粋すると、

「え〜、皆様本日はご多忙のところ、そしてまた東西南北いろんな地方からお見えになってますけれども、『こんな早くから呼びやがって、馬鹿野郎』と思っている方もいらっしゃると思うんですけど、何せ九月一日に真打の披露目がはじまりますので、そのパーティーをやらなきゃならない。

『と言うことは、師匠、八月のパーティーですね？』

そうだなぁー。暑い日になるなぁー。嫌だなぁ。皆に迷惑をかけるだろうなっと思っておりましたら、どうです（笑）？　わたくしは、雨男でございます（爆笑・拍手）。見事に雨が降り、涼しくなりました（笑）。

今日はめでたいことが二つ重なりまして、楽太郎が圓楽襲名と云う記者会見がございます。そのあと、好二郎が兼好になるんで二つの記者会見をにぎにぎしくやらせていただきます。

まぁ、『おめでたいことは、いくらあってもいい』という師匠の気持ちでございますので、こうやって大勢集まっていただきまして、本当に何よりのお祝いでございます……（略）」

次にやはり『笑点』の仲間の三遊亭小遊三さんのスピーチでも話題に織り込んでくれた。この日は招待客だったので、明るいベージュのジャケットにネクタイ姿の小遊三さんだった。女性の司会者が小遊三さんを呼び込む。

「続きまして、公益社団法人落語芸術協会副会長の三遊亭小遊三師匠からご祝辞を頂戴したいと存じます」

「え～、副会長と申しましても、便所でお尻を副（拭く）会長でございまして（爆笑）、え～、（中略）、まぁ本当に先ほど木久扇師匠が仰ったとおりの圓楽襲名と云う大騒動、……騒動じゃないですね、これは（笑）。騒動じゃありませんが、大慶事でございますが、その中で真打昇進ということでございます。まぁ、例えますと北京オリンピックの中で、夏の甲子園やっているようなもんでございます（爆笑・拍手）。

それでもね、甲子園がちょっと気になったんで、テレビのチャンネルを回してみましたら、甲子園超満員ですよ。ということは、世の中は圓楽ファンだけじゃないと……（笑）、ここにお集まりの皆様が夏の甲子園のファン、え〜、兼好ファンでございます。これが基礎票でございます（拍手）。よろしくお願いいいたします」

俺が師匠の家で、兼好の披露目で圓楽襲名を発表すると聞いたときに感じた違和感を、吹き飛ばしてくれる見事なスピーチだった。

この後に鏡開き［＊28］が失敗するという珍事があったので、記しておく。失敗と言っても、司会者が「よいしょっと言ったら割ってくださいね」と合図の説明のときに、この「よいしょ」で全員が小槌を振り下ろして割ってしまったのだ。まるでコントの一場面の様な失敗に会場は大爆笑だった。むしろ普通の鏡開きよりも記憶に残って良かったと思う。俺は早速後のスピーチでこれを使うことに決

［＊28］鏡開き　元は武家に伝わる風習で、お供えの鏡餅を木づちで叩いて割る正月の儀式のことであった。近年では酒樽を木づちで割る儀式もこう呼ぶ。酒樽の上蓋を〝鏡〟と呼び、これを抜くことから本来は〝鏡抜き〟だとする説もある。

めた。

そして、俺のスピーチの順番が来た。司会の女性が、「今、最も注目されている落語家」と俺を紹介した。いや、注目されているのは俺じゃない。名前の生存贈与を決めたウチの師匠だ。（そこは勘違いしちゃいけない）と、俺は壇上に登った。

「え〜、どうも兼好さんおめでとうございます。御一門の皆様には、ご迷惑をおかけしております（爆笑）。ウチの師匠が、存命中に、

『お前が圓楽を継げ』

と、そういう厳命でございます。今、小遊三兄さんも言ってくださいましたように、騒動になりました。正直な話、師匠が居ないから言いますが、楽太郎のままでも十分だったのでございます（爆笑・拍手）。小遊三さんもそう言っていただけました。

『そのまんまでいいじゃない、面倒臭ぇ』

（面倒臭え）……、そういう発想もあるなと思いました（笑）。ですが、（最後の親孝行かな）と、こう思っています。

親の老いは見たくない。ですが、一つの老いがあって、自分が高座に上がれな

い。そして、自分の名前を残そう。そう思っての遺言だと思ってます。それを受けないと子供ではございませんので、親の財産を引き受けて芸を精進してまいります。

……自分の披露目みたい（爆笑・拍手）。わたしのは二年後を予定しております。その時には笑点のメンバーの皆様を含めまして、また、一門のご迷惑にはなると思います」

よしこれで、圓楽襲名に関しての挨拶は終わった。あとは、噺家らしく笑わせて、兼好にお祝いの言葉を言うだけだ。早速さっきの鏡開きの珍事を取り入れた。

「ただあの、こういうそそっかしい会にはしません、ええ（笑）。鏡開きに合図が無いなんて（爆笑・拍手）。合図と云うのは大事なんです（爆笑）。

わたくしどもは東京出身です。ですから、東京の人間って云うのは非常に冷たいです。集合体ですから。

『東京出身？　ああ、そう』

それだけですよ。

そこへいくと会津《あいづ》はいいですね（笑）。（渡辺）恒三先生をはじめ、吉田後援会長、ねえ、行く度《たんび》にさっき話にありましたが、僅かでもご祝儀をくれるんです

（爆笑・拍手）。

　言っときますが、全国を周っていまして、『地の物でございます』と言って、モノをもらったって迷惑なんです（爆笑）。中には、泊まりなのに花束を持って来るバカがいます。枕元に花束置いて眠れるか（爆笑）？　やはり全国で通用する……（笑）、軽いものが一番ですね（爆笑）。そう言ったら昔、四国で絵葉書をくれた人が居ました（爆笑・拍手）。その街には『笑点』メンバー絶対に行かないと、心に誓った次第でございます。

　わたくしの名前が楽太郎でございます。太郎と云うのは寄席の符牒でお金のことなんです。

『太郎《タロ》出たかい？』

『今日は、多めの太郎が出たよね』

　とか。ですから楽な太郎って非常に良い名前だったんです（笑）。それが今度は、円楽になるんでございます（笑）。……ねえ？　円が楽になる。

　……兼好さんも、これ、兼好じゃなくて、金好《かねすき》にしたらどうですかね（爆笑・拍手）？　木久扇師匠が手を叩いて笑っていらっしゃいますけど、……木久扇師匠の好きな言葉は『入金《にゅうきん》』です（爆笑・拍手）。

　やはり国家を含めて、我々庶民を含めて、経済と云うのが一番の根幹でございます。中国は今、一所懸命、北京オリンピックで頑張ってますが、これは、東京オリンピックを見て分かるように経済の富要素《ふようそ》に過ぎません。アディダスを着ようが、ナイキを着ようが、あるいはそれこそ、ミズノを着ようが、着ているものが皆、偽物に見えるんです（笑）。あれは、紙で作ってんじゃないか？　マークだけ入れたんじゃないか？　そんな思いがする国であります。そこへいくと、我々は本物でありたい。

我々は、圓生と云う名前を伝えています。出囃子が、『正札附《しょうふだつき》』。……正札掛け値なし。本当に割引はしませんと云う意味の出囃子でございます。どうぞ、兼好さんも金好《かねすき》になって（笑）、そして家族を食わせ、そして一門に繁栄をもたらせていただいて、え〜、師匠孝行をしながら、早く好楽を継げる日を……（爆笑・拍手）、頑張ってください。

どうぞ、皆さんありがとうございます（拍手）」

ステージから降りると、（立川）ぜん馬［＊29］が渡してくれたグラスを受け取って一口飲んだ。ぜん馬は同期の入門で、他の一門の中では一番仲の良い噺家だと、俺は勝手に思っている。二十歳の頃からの知り合いだったから、ぜん馬の顔を見ると若い頃を思い出してしまう。色黒のぜん馬が白い歯を見せて言った。

［＊29］立川ぜん馬　昭和46年七代目立川談志に入門、前座名孔志、51年二つ目で朝寝坊のらく、昭和57年真打昇進、六代目立川ぜん馬を襲名した。

「圓楽師匠にも、兼好にも、いい挨拶だったじゃないか」

俺も、お礼にぜん馬のスピーチを誉めた。

「ぜんさんのスピーチも洒落がきつくて面白かった。あのジョークはあのまんま、談志師匠をウチの師匠に置き換えても使えるから、今度どこかの会で演ってみようかな?」

ぜん馬のスピーチの冒頭は、こんな感じだった。

「あの……、携帯に連絡が入りまして、ウチの師匠・立川談志でございますが、……長年糖尿で苦労していたんでございますが、（腕時計を見る）先ほど、一時十五分に、自宅で、おかみさん、二人の子供、孫に囲まれて、……静かに（会場静かになる）、お昼ご飯を食べていたそうです（爆笑・拍手）」

談志師匠は、芸術の女神が舞い降りたと云われる『芝浜』［＊30］を演って以降は、燃え尽きたように高座を休みがちになり、この初夏から長期休暇に入っていた。なので、このジョークは、不謹慎ながらタイムリーな緊張感が具体的でウケた。しかし、ブラックジョークを放った当の本人のぜん馬は、真顔でこう言った。

「あれは、ウチの師匠だから笑えるんだ。弟子に厳し過ぎて有名な立川流の家元と、その理不尽な仕打ちに耐えている弟子の関係じゃないと成立しない。楽ちゃ

［＊30］落語の演目『芝浜』。ある年の瀬、酒に溺れ、なまけていた担ぎ売りの魚屋が女房に叩き起こされ、いやいや出かけた河岸で大金入りの財布を拾った。これで遊んで暮らせるとこの亭主、友達に大盤振る舞いする。すると翌朝女房にそんな財布などない、夢を見たんだと諭されて、心を入れ替え働きだす。そして3年後の大晦日、夫婦のやりとりにほろりとさせられる。三代目桂三木助が得意にしていたという。

んには無理だよ。普通、圓楽ほどの大看板の名前は、継ぐ本人が欲しくて欲しくて、師匠が亡くなってから根回しして、やっとの思いで継げるものでしょう？　それを生前から、当人が自ら望んでいないのに、師匠命令で生前贈与してもらえるんだから、そんな大恩人の生き死にを笑いに出来る？　楽ちゃんには、無理だよ」

ぜん馬の口から、「楽ちゃんには無理だよ」ってセリフを聞くのは初めてかも知れない。三十八年前、ぜん馬がまだ前座で（立川）孔志だった頃、（春風亭）小朝［＊31］と、（古今亭）八朝との四人で、『四天王弟子の会』と云う落語会を開いたことがある。俺たちは、今で云う早朝寄席、深夜寄席の先駆者だった。

前座や見習いが四人会を開くなんて、落語界でも前代未聞の試みだったので、問題は山積みだった。誰が席亭と話をつけるのか？　誰がガリ版［＊32］を切って宣伝チラシを作るのか？　落語協会には誰が説明するのか？　結局ほとんど俺が引き受けざるを得ない状況になった。ぜん馬は必ずこう言った。

「お席亭との交渉は、楽ちゃんなら出来るよ」

「チラシのガリ版切りは、楽ちゃんなら出来るよ」

「落語協会との調整は、……楽ちゃんなら出来るよ」

自分で云うのも自慢になりそうで嫌なのだが、自分でもかなり、年配の名人と

［＊31］春風亭小朝　昭和45年五代目春風亭柳朝に入門、前座名小あさ、後に小朝に改名。昭和51年同名にて二つ目昇進、この頃から「横丁の若様」などのキャッチ・フレーズでテレビなどで活躍し、昭和55年に36人抜きの抜擢で真打昇進した。

［＊32］ガリ版　活字を使用した活版印刷は大規模な印刷工場で制作する印刷物しか出来ず、当時の学校や一般の家庭などでは、謄写版（通称ガリ版）と呼ばれる簡易印刷機を使って一枚ずつ刷った。ワックスを塗った原紙をヤスリ板の上に置き鉄筆（芯が鉄で出来ている鉛筆状の器具）でガリガリ文字を書いていくという作業をすることからガリ版と称された。

呼ばれる師匠方に可愛がられる才能があったし、難しい交渉事も敵対せずに相手の懐に飛び込むようにしてまとめる〝人たらし〟の才能もあったと思っていた。元々器用だったから、ガリ版切りなんか一晩で覚えた。俺の人生の大半は、「楽ちゃんには、出来るよ」って言われて来たようなものだった。それが、ここに来てぜん馬から「楽ちゃんには、無理だよ」って言われるとはね……。確かに、今の落語家としての俺を形作ってくれた大恩人は、ウチの師匠だ。立川流の弟子が談志師匠の生死を笑いのネタにするようなことは、俺には出来ない。

ぜん馬の言葉に刺激されたのか、落語家になってからの人生で、自分から望んで手に入れたものは何もないことに気がついた。すべて、五代目三遊亭圓楽が与えてくれたのではないか？

鞄持ちのアルバイトから、師匠から乞われて入門した。

師匠に乞われて、二つ目になった。

真打も、師匠のほうから言い出した昇進だった。

今度の圓楽襲名も、師匠の望み通りの継承だった。

落語家になってから、俺が乞うたことなんて、何一つなかったように感じる。

俺が最後に、何かを誰かに望んだことは何だったんだろう。俺は、学生時代の両国を思い出すことになる。

第二章「俺、大学に行きたいんだ」

昭和二十五年二月八日、横浜市中区横浜中央病院で俺は生まれた……らしい。

らしいと言うのは、本人の俺は、ずぅーっと東京の下町である墨田区石原町で生まれたと信じていて、本籍をとったときに、「横浜市中区横浜中央病院にて出生」って書いてあったから、はじめて知ったんだ。実家は墨田区の石原にあったのに、なぜ生まれたのが横浜だったのかは、簡単に言うとウチの母《かあ》ちゃんが、働き者だったからだ。

年子の兄をおんぶして、臨月の大きなお腹を抱えていた母ちゃんは、昔のことだから出産ギリギリまで働いていたらしい。墨田区に暮らしていた母ちゃんが、何かの都合で横浜の魚市場で働いていたそうだ。同じ職場に、美空ひばり［＊1］のお母さんが働いていたらしいけど、本当のことは分からない。

母ちゃんは、横浜の魚市場で働いている最中に産気づいて、近くの病院で俺を

［＊1］美空ひばり　昭和を代表する歌手の一人。昭和12年に生まれ12歳で天才歌手としてデビュー、ヒット曲を連発した。「東京キッド」「柔」「悲しい酒」「真っ赤な太陽」「川の流れのように」等。また活躍は歌謡界だけにとどまらず、映画、舞台と多方面にわたった。平成元年逝去、享年52歳。

出産した。生まれて、「もう大丈夫だ」って少し落ち着いた時に病院を出されちゃった。親父が、そのまんまで迎えに来たんでしょうね。だから、歌丸師匠には言ったことがある。

「本当は、横浜生まれなんですよ。十日間だけ、わたしは横浜市民だったんです」

「こりゃ驚いた！　本当は江戸っ子じゃなくて、ハマっ子かい？」

「ええ、親父が隠岐《おき》の出身なんで、厳密には三代続かないと江戸っ子じゃないって言うじゃないですか？　だから、今日からハマっ子を名乗らせてもらっていいですかね？」

「冗談じゃない、たった生後の十日間で、ハマっ子を名乗ってもらっちゃ困るよ」

そんな他愛もない会話を歌丸師匠としていたのが懐かしいね。

ウチの母ちゃんが出産ギリギリまで働き、産後直ぐに退院した理由は貧乏だったからだ。入院費が勿体無かったんだろうね。

……不思議なことがある。テレビにも出させてもらい、落語を喋ればギャラを頂き、決して貧乏ではない暮らしを送らせていただいている今となって思い返すと、貧乏しか、記憶になかった少年時代だった。よく生き残れて、無事に成長し、あの暮らしから脱したものだと思う。本当に高度経済成長前の昭和ってね、映画の『三丁目の夕日』のような、思い出の中のような綺麗な生活じゃないんだ。不思議なことに当時は、自分が貧乏で可哀そうに感じたことは全くなかったことだ。

俺が育った時代の東京の下町は、古典落語の貧乏長屋と同じだった。貧しいけれど、優しい近所づきあいに溢れた楽しい暮らしを送っていた。子供心に感じることは、ご近所に貧乏人は大勢いる。だから、小っちゃい頃は、皆、同じ生活だから自分が貧乏って感覚は無い。裏を返せば、皆が貧乏だから、平等で平和なんだ、下町ってやつは。

でもね、その貧しい人たちばかりのご近所の中でも、ウチは一番貧しい方だったかも知れない。何故そう思うかと云うとね、夜になって布団を敷いて寝るときに仰向けになるでしょ？　そこで毎日見ることになるウチの天井は、トタン屋根だったんだ。東京の空襲後の焼け野原に建てられたバラック小屋ではなかったと思うけど、近所がドンドンドンドン良い屋根の家に建て替えられて行くのに、借家暮らしのウチの家族だけ、ずぅっとトタン屋根の家で暮らしていた。夏は暑いし、冬は寒い。

「ああ、ウチは貧乏なんだな」

って、はじめて実感するんだよね。でもね、その生活が、後《のち》の俺に素晴らしい贈り物をしてくれることになったんだ。

噺家と云うものを知って驚いたのは、貧乏を自慢することが当たり前の人種だってことだった。いや、逆だな、古典落語に登場する貧乏長屋の住人みたいな生き方をすることが、逆にカッコいいことと考える人種なのかも知れない。なんせ、五代目の古今亭志ん生［＊2］が自身の極貧生活を本に綴った『なめくじ艦隊』［＊3］を上梓したのが、俺が六歳の時のこと。考えてみれば、庶民の芸能である落語の中で、金持ちの優雅な生活の笑い話を扱ったものなんて皆無だし、金持ちの優雅な私生活をまくら［＊4］でふる噺家なんて、売れる訳が無い。つまり俺の少年時代が貧乏であったことは、落語家になる為のエリート養成所で暮らしていたようなものだったのだ。噺家になってからなんだけど、このトタン屋根の件だって、発想を逆転すれば結構なネタになるんだよね。例えば、トタン屋根で良かったことは？　と考えた場合は、

「雨が町内で一番先に分かるんですよ」

って、一席の漫談になる。するとね、自分が体験した昭和の下町の生活で、近所同士のおすそ分けだとか、今の時代にない習慣だとかが、今となっては経験の宝物になっているんだ。

［＊2］五代目古今亭志ん生　諸説あるが明治43年三遊亭小圓朝に入門し前座名朝太。後に四代目古今亭志ん生門下に移り金原亭馬太郎。大正10年真打に昇進し金原亭馬きん。その後紆余曲折があるが昭和14年五代目古今亭志ん生を襲名。昭和20年六代目圓生らとともに満州に渡り苦労をともにする。帰国してから人気が出始め、昭和32年落語協会会長に就任する。昭和48年逝去。

［＊3］『なめくじ艦隊』　五代目古今亭志ん生が自らの貧乏時代を回顧しながらつづった自伝。

［＊4］まくら　落語の本題へと入るための導入部分全体を指す言葉。時候の挨拶やら世間の話題、または

物心がついたばかりの子供から見ると、両親共に働き者だったのに、ちっとも裕福ではなかった。でも、俺は、少しも不幸と感じたことはなかった。ちょっと長くなるけど、その理由を聞いてくれないか？

　俺がよく喋るのは、寡黙で真面目な父ちゃんの血ではなくて、陽気でお喋りな母ちゃんの血であることは間違いない。母ちゃんの旧名は、高橋よね子。大正十一年の生まれだ。母ちゃんのお父ちゃん、俺から見れば、母方のお祖父《じい》ちゃんって人が、鉄砲洲［＊5］に停泊させているダルマ船で暮らしている水上生活者［＊6］だった。高橋幸松《こうまつ》お祖父ちゃんの船が、家船［＊7］となったのは関東大震災の時だったらしい。江戸湾で漁師だったお祖父ちゃんが、

「津波が来ねえから、お台場に逃げるぞ！」

って、家族を船に乗せてお台場方面に逃げた。その判断のおかげで、母ちゃんたちは生き残った。余程、怖い思いをしたのか、船で難を逃れた一家は、陸に上がらなかった。鉄砲洲川に船を停泊させっぱなしで、母ちゃんは船から鉄砲洲小学校へ通っていた。

　母親は結婚して俺を産んだ後も仕事の都合で、実家の船に用事があったのか、子供の俺を連れて、幸松お祖父ちゃんの船によく訪ねて行った。

ある噺へと導くためのお決まりの小噺なども含む。

［＊5］鉄砲洲　現在の東京都中央区湊あたりを指す。鉄砲のような形をした砂州があったことから名づけられたという説と、江戸の頃に鉄砲の試射場があったからという説がある。現在も鉄砲洲稲荷や公園、通りの名として使われている。

［＊6］水上生活者　海や川に浮かべた船を住まいにしている人間たちをこう呼んでいる。広い意味ではもっと様々な形態があるようだが、ここでは当時の佃、勝どき、月島あたりに存在していた船住まいの人々のこと。

［＊7］家船　元々は〝えぶね〟と呼び、九州から瀬戸内で船を住まいにしていた漁民たちの総称。ここでは船を

幸松祖父さんが中風で寝てる。それで、

「おお、来たか」

ってんで、銭箱を枕元に、……昔の人は、皆、枕元に銭箱を置いてんだよね。その銭箱から、五十銭をくれた。もう、五十銭なんて、流通していない時代ですよ。

「祖父さん、この五十銭は、もう使えないよ」

「馬鹿野郎、おまえの母ちゃんは五十銭もやったら、喜んで踊っていた」

って、言っていた。時代が止まっているんだよね。

だから、そういう環境で育った母親は、結婚してもやっぱり働かなくてはいけない、だから、ずぅーっと働いていた。でもね、貧乏に負けない大らかさが母親にあった。生まれてこのかた貧乏には慣れっこだったせいか、いっつもニコニコしていている。

俺が子供の頃に、母ちゃんと一緒に写した写真がある。小学校に上がるか上がる前かの洟をたらして汚ねえ恰好した俺と手をつないで割烹着を着た母ちゃんなんだけどね、背景の家も汚ねえ家なんだ。勿論時代的には、モノクローム写真ですよ。今、その写真を後輩や仲間の落語家に見せると、

「えっ、凄い時代ですね」


住まいにしたという意味であろう。

って、言うからね。

「馬鹿野郎、俺の写真じゃねえ。北×鮮の良い家の子だよ」

って、ネタにするほどの写真だ。その写真の母ちゃんもニコニコしている。だから、貧しそうに見えても、その顔は圧倒的に幸福そうだから、「北×鮮の幸せな母子」の写真に見立てられるんだ。貧乏でも、母ちゃんが居るから家族全員が明るかったのは確かだった。何かにつけて、叱らないで助けてくれて、教えてくれたから。だからだろうか、こっちも我慢することを覚えた。

思い返すと子供の頃の思い出で、本当に悲しい思いをしたとき、母ちゃんに救われた。その思い出が二つあって、そのうちの一つは、小学校高学年だと思うけど、クラスで『としまえん』に行ったときのことだ。遠足じゃなくてね。クラスの行事か、何かだったらしい。で、先生からその行事に関するガリ版のプリントが配られて、そこにこの行事に参加するのは、参加費がどれだけかかるのかとかが、記載されていた筈なのだけど、子供心に学校の行事は、

（個別にお金がかかる訳が無い）

と思い込んでいたんだ。それを親に見せないでね。ともかく、金持たないで、集合場所の学校へ出かけてしまった。

学校へ着いて、

「行くぞー」

って、先生が生徒を整列させて、

「電車賃持って来たか？」

って、言うから、手を挙げて、

「先生、忘れちゃった」

そうしたら、先生は電車賃だけ立て替えてくれて、『としまえん』に着いた。クラスの友達は大喜びで、別料金を払ってウォータースライダーなんかに乗っている。俺はプールサイドで、指をくわえて見ていた。

「おーい、おまえ乗らないの？」

「バカ野郎、あんなの、面白くもなんともない」

「あれ？　会君《あい》［＊8］、乗らないのぉ？」

「……うん、水に濡れるから」

とか、いろんなことを言いながら、何にも乗らずに帰って来て、ウチの敷居を跨《また》いだときに……。ぱぁぁぁーって、いっきに悔しさが、こみ上げて来た。未だに思い出しても涙が出る。それで、泣きじゃくっている俺から、母ちゃんが事情を訊き出してね、

「わたしも悪かった。わたしも悪かったんだ」

［＊8］六代目三遊亭円楽の本名「会　泰通（あいやすみち）」

って、言ってくれた。あれとウンコを漏らしたのがもう一つの哀しい思い出かな。金が無いのと、ウンコを漏らしたのがね。凄く落差があるけど、ウンコの話も聞いて欲しい。

家で、……あれって、帰って来たばかりの家って、……ウンコを生むところだと発見したのも、悲しい思い出だね。今みたいにブリーフではなくて、ツギのあたった半ズボンでね、そのわきからね、ウンコがポロって出て来るのよ。その途端に悲しくなっちゃって。それで、母ちゃんが、

「馬鹿野郎、ここまで我慢したんだから、もう少し我慢しろ！　自分でちゃんと始末しろ」

って、言ってたな。ウンコって、ウンコの悲しい思い出は、笑えるんだよ。だから、その二つ。うんと悲しい悲惨で、自分の中の幼児体験で、金の無いことの悔しさ。我慢することの辛さ。母親が何とかしてくれた。言ってみりゃだらしなさや、ウンコの世話を自分でする滑稽さ。……いい話をするつもりが、ウンコの話で台無しになっちゃったかな？

ともかく、最後は笑い話になっちゃう陽気な母親とは対照的に、寡黙で真面目で不器用で、落語が好きだった親父の話をしよう。と言うのは、親父が落語好き

で、浅草に俺を連れて行ってくれたから、今の俺があると言っても過言ではないからだ。

ウチの親父はねえ、その時々の何か流行を追ったりするんだけど、商売が下手でね。最後は汽車会社の守衛をやっていた。

ネットじゃ、ウチの親父は警視庁の警察官と書かれているけど、警視庁じゃない。水上警察？　戦後の混乱の中で出来た予備軍みたいなもんだと思う。親父の写真がねえ、記憶の中にあるんだけどね。星条旗のついたランチボートにＭＰ［＊９］と一緒に乗っているの。で、親父は肩章も何もないですよ。白い制服に半ズボン。ただ、腰にはコルト、拳銃を持っていた。それで、隣にＭＰが居る。アメリカ人と一緒にいる。だから、結局警察予備隊だったんでしょうかね。それはそのあとで、自衛隊になっちゃうのか？　だから、あの当時の旧軍解体と警察予備隊の歴史を調べてもらえばわかるんだけど、そういう関係なんじゃないかと思う。多分、軍隊経験者の親父が水上警察に雇われた直ぐに後に、兄貴や俺が生まれた。その後に水上警察も組織替えで、正規の警察官とか自衛官には、なれなかったんじゃないかな。

さっきも言ったけどね、親父は軍隊に行っていた。ただ、外地には行っていない。ウチの親父はね、凄く真面目に見えるし、田舎者だから喋らないし、寡黙に

［＊９］ＭＰ　米軍の憲兵を指す。軍隊の秩序を守るための警察官。Military Police の略称。

見える。だから、最初は普通の徴兵された兵隊さんで入って、一年経たずに連隊長付きに出世する。鞄持ちになったらしい。要領が良かったんじゃないかな？　余計なことを云わないからね。「ハッ」って敬礼してね。軍隊って、そういう人が好かれる組織なんでしょう。朴訥《ぼくとつ》だしね。

それで親父が、俺が噺家になったときにね、ネタをくれたの。

「戦争中、面白い話があってな」

ウチの親父の出身地は、隠岐《おき》［＊10］なのね。

「貴様、出身はどこか？」

って、上官が尋ねてきてね、もう一人居たんですね。

「沖縄県、恩納（おんな）村、伊武部（いんぶ）であります」

親父と同郷の人が、同じ隊に居て、

「貴様は？」

「島根県、隠岐郡、知夫（ちぶ）であります」

陰部《いんぶ》や恥部《ちぶ》で、「馬鹿野郎！」って上官に張り倒されて、そういう下ネタを教えてくれた。バカだね、親父は……。

親父は、海運会社に入ってから、自営業になる。自営業は時間が取れるからかも知れないけど、小さいときの俺を寄席に連れて行ってくれた。

［＊10］隠岐　島根県の北約80㎞の日本海に位置する島を中心とした郡部。全体は4つの大きな島と大小180ほどの島からなる。美しい景観に観光客も多い。

テレビのNHKの本放送は、昭和二十八年でしょう? オリンピック、御成婚で、ばぁーっとテレビが売れたんだけど、ウチはそれこそ町内で一番の貧乏だったから、最後までテレビの無い家だった。ウチは、ラジオですよ。そのラジオを小さい頃、親父たちと一緒に聞いていると、流れて来るのは歌謡曲、それからラジオドラマ、落語だった。多分三代目の金馬［＊11］師匠かな、あるいは、それこそ柳枝［＊12］師匠だとか、向島の柳好［＊13］か……。その辺ですよ、聴いていて。何かの拍子で、笑ったんだ。そうしたら、ウチの親父さん、浅草が好きでね。

「あ、笑った。よし、じゃあ、ちょっと浅草の寄席に連れて行ってやる。遊びに行くぞ!」

それで、寄席に行ったらね、今度は、面白くないんですよ。ラジオだと眼をつぶって、布団の中で聴いているでしょ? そうするとね、想像するんですよ。ところが、観ちゃうとね、何か痩せこけたお爺さんがね、ぐちゅぐちゅぐちゅぐちゅ小声で言ってんだよ。それで、「寒さ凌ぎに踊りましょう」って、踊る噺家も居た。着物もセコだしね。今考えると、曲芸とかマジックのほうが、子供心に面白かったですよ。で、そういうのを観て、仲見世［＊14］を歩いて、ちょっと買い食いをさせてくれてね。本所吾妻橋［＊15］を渡って、歩いて帰って来たのが、寄

［＊11］金馬　三代目三遊亭金馬。大正2年初代三遊亭圓歌に入門、大正9年真打に昇進し、さらに大正15年三代目三遊亭金馬を襲名する。老若男女誰にもわかりやすい語り口で長い間ラジオを聞く落語ファンを魅了した。後に落語協会を脱退し、寄席に出演せずほぼフリーの形で活動していた。昭和39年逝去。

［＊12］柳枝　八代目春風亭柳枝。音曲師柳家枝太郎の子、16歳で四代目春風亭柳枝に入門、昭和18年八代目を襲名。昭和34年逝去。

［＊13］柳好　三代目春風亭柳好。唄うような調子の語り口で人気を博し、特に「野晒しの柳好」とも呼ばれた。大正元年談洲楼燕枝に入門、後に六代目春風亭柳

席初体験だった。その他の思い出は、貧乏だったことを、如何に工夫して楽しく暮らしていたかと云うことだった。楽しく暮らすコツは、やっぱり母ちゃんに教わったと思う。

父ちゃんも母ちゃんも夜遅くまで外で働いているから、とにかく外食の記憶が何にもない。母ちゃんの料理が美味かったどうか？　あまり覚えていないのは鍵っ子だったから。両親が共働きの鍵っ子の、はじめの世代だもの。だから、子供たちだけで料理を作る。材料が、あるものでね。夕飯なんか、どんどん作っちゃう。小学校三年ぐらいから、兄貴と自炊していた。豚肉があってね、玉ねぎがあった。

「じゃあ、串カツ作ろうよ」

って、兄貴が言うと、串がある。で、

「どうやるの？」

「油で揚げるんだよ」

パン粉、小麦粉、何だか分からないものをまぶして揚げて食べた。母ちゃんが帰って来て、台所が散らかっているでしょ？

「なにやってんだ？」

枝門下に移り大正6年柳好を襲名。昭和31年逝去。

［＊14］仲見世　広い意味では社寺の境内や参道にある商店街を指す。だが通例〝仲見世〟と呼ぶ場合はこの浅草寺観音堂へ向かう参道の商店街である。

［＊15］本所吾妻橋　安永年間に隅田川に架けられた橋、橋名としては単に〝吾妻橋〟だが近くの地名である〝本所〟をつけて呼ぶ場合もあるようだ。

「串カツ作った」

「どうやったんだ？　やってみろ」

で、身振りと、口で説明したら、

「ちょっと待て」

って、片付け直して、材料は無いけど、

「いいか？」

って、落ちてる粉をつまんでね、

「こうやって沈んで、スッと上がった時が、油が温まっている」

そんなことを、小学生三、四年生に教える。「火事になったらどうするんだ？」って、言わないんですよ。そういう小言を食ったことがない子供だった。何かすると、「そうじゃないんだ」って、教えてくれる。自主性なのか放任なのか、ちゃんとやることを教えてくれた。だから、子供なのに器用でしたよ。後《のち》に兄貴の会社でね、海の家やなんか行くとね、ウチの兄貴と俺が、真っ先に台所に立っているんだから。


ずっと後の話だけど、ウチの師匠のおかみさんが子供連れて、城ケ崎の別荘に行っちゃって留守にしているときに、弟弟子から、

「（五代目圓楽）師匠が、ご飯を食べないんです」

って、連絡してきた。で、俺はふざけて、

「飼葉《かいば》［＊16］の食いが悪いのか……、おまえ。馬丁《ばてい》［＊17］の飯が不味いんだろ？」

って、言って、

「よし、俺が今から行ってやっから」

前の日も、食べなかったんでしょうね、で、朝早く行って、

「おはようございます」

「おめえ、何しに来たんだい？」

「食事の手伝いでもして、飯でも食わしてもらおうと思いまして」

二つ目だったから、ついでに、やることもあった。丼に飯を半分ぐらいよそって、で、味噌汁こさえて、お新香があってね。味噌汁の具を多くしておいて、それで、お玉の中でもって、最後に半熟の卵を作って、味噌汁に載せて。

「師匠、どうぞ。一汁一菜ですが」

「いろんなものを、入れてくれたんだねぇ〜」

師匠は、それ食いながら、最後は、なんてことはねぇ、丼に汁をかけるんだ。噛むのが、面倒臭がり屋でね、ぞろろーって飲む。

［＊16］飼葉　馬や牛に食べさせる藁、草、穀類などのこと。この場面では五代目圓楽師の顔の長いことを身内からは親しみをこめて〝馬のようだ〟と呼んでいたことを応用した発言。

［＊17］馬丁　馬の世話をする人のこと。前述の〝飼葉〟の説明に関連し、五代目圓楽師の世話をする弟子たちを馬丁にたとえた。

「美味いねぇ」

後輩に、

「こうやって食わせるんだよ」

って、言ってね。とにもかくにも、十歳にもならない内に自炊して、半分自立していたことは、後々世を渡る武器になった。ウチの子にも、弟子にも言っているんだ。人生経験でルール違反にならないフライング・スタートは、どんどん切りなさいってね。俺の場合は、小《ち》っちゃい頃にやらされたことが、全部役に立っている。

近所のどの家も似たり寄ったりの貧乏だったから、友達みんなが、自助の精神で逞しかった。小さい頃は自分家《じぶんち》だけ貧乏だとは思っていなかったな、平等で平和だった。誰も、突出していなかった。……いや、居たな。……医者の倅の小俣兄弟と、隣の丸吉兄弟って、倒産した玩具会社の倅。ウチの兄弟とこの二組の兄弟は、全員、兄同士、弟同士が同級生で、子供の頃は何をするのも一緒だった。会社が倒産したときに、丸吉兄弟は引っ越してしまうんだけど、そのときの逸話が、如何にも終戦後の悪ガキがやりそうなことだった。

ウチの親父は自営業でいろんな商売をしていたけど、その頃は、金魚屋をやってたんだ。借家の土間が案外広くて、大きな水槽を置いて、何かの機具もあった。

その水槽を見た医者の倅の小俣がね、俺ん家《ち》の外から釣竿を延ばして、金魚を釣って行っちゃうんだ。小俣の親父が墨田区の釣友会《ちょうゆうかい》の会長で、親父の竿を持って来て外から悪戯するんだよね。面白い奴だったな。悪ガキ友達の考えそうなことだ。もう一人の悪ガキ友達の丸吉兄弟の考えたことは、スケールが大きかった。

丸吉の父親は、玩具会社を経営していてね。大きな屋敷に住んでいた。下町の中でも突出した大金持ちだった。ところがね、倒産しちゃったんですよ。で、

「俺たち、中学は他へ行くから、お別れだな」

「そうか」

って、話してね。

「で、どうするの？　庭の大きな池の金魚は」

「う〜ん」

「緑町の金魚問屋へ、売っちゃったほうがいいよ」

「じゃあ、さらっちゃおうか？」

って、言って。小俣兄弟と、丸吉兄弟と、ウチの兄弟の、この六人でね、金魚

さらって、まあ、池があるような大きな家だから、大きな良い金魚がいっぱい居て、水抜きまでやって、大きなバケツで、三杯。何とか担いでね。その緑町の金魚問屋まで持って行ったの。

「どうしたの、これ」

　で、俺が金魚屋の子だから交渉を担当して、

「こいつん家《ち》、潰れてさあ。もう、屋敷《やしき》を売っちゃうんだって。だから、庭の池の金魚を買ってもらおうと思って。頼まれてきたんだけど」

「そう、潰れちゃったの？　ああ、丸吉さんか？　玩具屋の」

　当時は近所のことは、みんな知っていましたからね。

「良いの、入っているな」

　てんで、六千円くれたんだ。一人、千円ずつ。高額紙幣が五百円札の時代だからね、千円ずつ。こんな大金持ったことが無いんだよ。十五円もらえれば、小躍りして喜んでいたからね。「十円ちょうだい」の時代だから。子供だからバカで、自分の洋服箪笥の下に入れておいたの。母ちゃん見っけますよね。だって、洗濯物を入れ替えるから、

「どうしたんだい？　これは。兄弟《ふたり》とも」

　兄ちゃんと二人で、

「丸吉の金魚、売った」

「何？」

「丸吉潰れたから、みんなで」

「お前たちが？」

「小俣も、丸吉も、みんなで」

「丸吉さんはね、庭の金魚ごと他所《よそ》に売ったんだよ」

（知らねえよ、そんなことは）って、思った。で、母ちゃんが、

「どうやって、こんな大金になるほどの金魚を捕まえたんだい？　ウチの網を持ち出してないだろ？」

「……池の栓を抜いたんだ。水を全部流したから、手づかみで生け捕った」

って、返事したら、

「水抜いたのか？　じゃあ、『金魚は水と一緒に流れちゃった』と言っとけばいいや」

って、水に流してくれた。……ネタみたいな会話だけど本当の話。それに問屋《むこう》も買ったんだから、商取引としては成立したんだ。

成立しなかったのは、万引きね。あの当時は何でもやった。小学生の話ですよ。小学生の生きる術《すべ》だからね。

浅草の松屋でね、現在《いま》で云う玩具のミニカーをポケットに入れて帰って来ちゃった。家に帰って置くところないから、……案の定、お母ちゃんに見つかった。

「どうしたんだ?」

「ポケットに入ってた」

「どこのポケットだ?」

「ぼくのポケット」

「そこじゃない。どこでポケットに入れたんだ」

「松屋」

「一緒に来い」

って、一緒に連れてって謝りに行ってくれた。金払ってくれて、買ってくれた。

「お金は払う。欲しかったら、今度から母ちゃんを連れて来い」

こう言われたら謝るしかない。

「申し訳ございません」

松屋の売り場の人も驚いていたね。

「いや、こんなこと。……返しに来る人なんていませんよ」

だからそのミニカーは、宝物。

時は流れて、ウチの倅が、市川のモールでもって、綺麗なプラスチックの石みたいなモノ、それが欲しかったんだろうね、それを持って帰って来ちゃった。その時に、俺は、はり倒して、

「人のモノを黙って持って来ちゃダメ。一緒に謝りに行こう」

って、父親《おれ》が謝りに行ったの。そうしたら、ほら、『笑点』に出ている顔でしょ、店の人も気を遣ってくれて、

「いえいえ、もう、小さなお子さんですから、分かんないでやったんですから」

「よし、許してくれたから、謝れ。……俺は、……黙って人の芸だって盗んだことは無い」

オチをつけることはない。

小っちゃい頃は良心の呵責があったんだけど、中学ぐらいになると良心の呵責は無くなるね。善悪が分かんなくなるんだね。人生に一度はね、そういう時期があってもいい。小遣い稼ぎも完全に非合法だった。今考えるとね。悪いことをしていたよ。

小遊三さんなんかはね、山梨の工事で電線を切り落としたのを拾って来て、でグラムで幾らってね。小遣い稼ぎしたと聞いてね、

「へえ、やっぱり田舎だね。俺たちは違うよ」

って、威張っちゃったよ。そりゃぁ、東京の下町だから、屑鉄はいっぱいあって、麻の袋に入っていた。こっちは銅が高いのを知っているから、様子を見てたら薬きょうが袋から顔を出していた。朝鮮戦争のやつでしょうね。（米軍のだ！）機関銃の大きさなんかは知らねえから、こんな大きな銅だから、（大金になる！）と思って、パッと掴んで、ダァーッと走ったの。そうしたら、連射したのがつながってて、ぞろぞろ［＊18］って！

もう時効だから言うけど、かっぱらいの領域を超えているよね。それを、どこに売るか？　そうしたら、岡崎って云う友達がね、非鉄金属［＊19］屋だったの。

「あいつん家《ち》へ、売ろう」

て、

「これは、あの、軍隊の払い下げなんですけど」

って。また、驚いたことに、買ってくれるんだ。一夜にして、大金持ちになったね。

楽しいっていうか、乱暴というか、生き残る為っていうか。

中学は、二つ悪さしたね。

一つはね、高橋って云う同級生がね、エロ本を持ってきたんですよ。それを皆

［＊18］落語の演目『ぞろぞろ』　古びた稲荷にある荒物屋が信心をしたおかげでご利益を授かる噺。店先に吊るした草鞋を引き抜くと上から次の草鞋が〝ぞろぞろ〟っと出てくる様をタイトルにした。

［＊19］非鉄金属　〝鉄鋼〟以外の金属の総称。銅や鉛、アルミニウム、等。

で回し読みをしていた。そこに先生が教室に入って来て、慌ててストーブの中に隠したんだけど、見つかっちゃった。

「はい、誰持ってきた？」

で、俺、高橋のほうを見たんだけど、あいつ手を挙げないから、しょうがねえ、俺も裸を見たんだから、「ハイ」って。で校長室の前に座らされた。

でも、口は割らなかったからね。俺は、北×鮮の脱北者より口が堅い。もう一つは喧嘩ですよ。あの頃は、もう喧嘩ばっかりでね。近くの学校は、ウチを含めて悪いのが集まっていた。隅田川っぺりでは、のべつ喧嘩ばっかりしててね。校内でも、今で言うと校内暴力になるのかな、学校の階段の踊り場で、女の子が男子生徒三人にからかわれていたんですよ。俺がちょうど下りてったら、

「会《あい》くん、助けて」

って、言う。

「やめなよ」

って、三人の連中に声をかける。

「やめろ、嫌がっているじゃないか」

「うるせえ、この野郎」

こっちは上にいるからね、上の方が強いんですよ、高い位置の方が。位置エネ

ルギーで云うとね。

「やめろって、言ってんだよ。……やめろよ、この野郎」

「何だと？　この野郎」

って、言うから、降って行ってやった。今のプロレスで云うと、ボディ・アタックですよ。三人めがけて、階段の上から降ってやった。それで、先手必勝、ボッコボコにした。その時には、もう、手の中に十円玉を持っていますからね、喧嘩の仕方はみんな先輩が教えてくれた。

十円玉を両の拳に二個持っていれば、絶対に手を開かないでしょ。そうすると、摑み合いにならないんですよ、殴るだけになる。

それで、結局つかまったけど、女の子をかばった上の喧嘩だったから、退学とか停学とかの大ごとにはならなかった。後々、ウチの師匠にそんな話を一回したことがあるんだな。そのときに、ウチの師匠が、

「いいか、喧嘩は命がけでやれよ。全部無くなるつもりでやるんなら、喧嘩していい。噺家になって、喧嘩をするときは、すべてを失うときだ」

だから、二つ目のときに、飲み屋で客がね、「落語家ども」ってなめてきたから、論破しちゃったの。そうしたら、いきなり殴るから、（やっちゃおうかな）と思ったけど、ママが「やめて」って言う。だからね、

「その代わり、警察を呼んでくれ。傷害で訴えるから」

その頃は、頭がよくなっちゃっている。法学部卒業が出て来ている。

「それ、やめて」

「じゃあ、殴ったこいつが悪いか？　論破した俺が悪いか？　ママ、聞いていただろ。どっちが悪いと思う？」

「うん、この人」

「だったら、どっちか帰しなよ。こいつを帰せば、俺が正しいとママが認めるんだから、こいつを訴えない。俺を帰せば、こいつが正しいとママが認めるんだから、俺は今後、この店に二度と顔を見せない」

ママは、

「帰す」

って、そいつに、

「帰って」

それから、その店は贔屓にしている。

で、最後の一番大きな喧嘩は、大学での全共闘だろうね。今度は国家権力と喧嘩した。その話の前に、通えるはずのなかった大学を受験した話と、高校卒業間際に経験した俺の〝初高座〟の話をしないとね。

実は、高校を卒業したら、仕事に就くつもりの就職組だった。だから、東京都の地方公務員試験の初級を受けた。この頃の俺は、一体いつ寝てるんだ？　ってぐらい、バレー部の練習とアルバイトに忙しかった。特に、アルバイトは、工場近くの居酒屋のバイト料がよくて、高校の学費から、部活のユニフォーム代、合宿費まで、自分の稼ぎから補っていたから、貧乏のコンプレックスから解放されていた。ただし、大学に進むのには、入学金と授業料が必要かと思うと夢のまた夢で、就職することに決めていたんだ。だから、先生から、

「どうするんだ？　学校、卒業したら？」

「仕事しますよ」

「じゃあ、仕事は何をする？」

って、言われたから、親に訊いたんだよね。すると、親が、

「堅い仕事をやれ！」

本当にネタみたいでしょ？　ウチの親父の仕事が海運会社で、元警察でしょ？　それで、オジサンが石川島播磨。石川島播磨の近くにある居酒屋のバイトは、そのオジサンの紹介だ。それで、おばさんが職安でしょ。それからもう一人のオジサンが、製鉄会社。堅いというか、硬いでしょ？　だから、

「公務員」

「じゃあ、ちょうどいい。東京都の職員試験受けろ」

って、受かったんですよ。東京都でもって、八百三十人の採用の年だった。その当時、試験成績優秀の上位一割の八十人以内に入っていると、都採用なんですよ。それ以下は、区採用なんですよ。で、都採用にはなったんですけど、出身区に一年は、都からの出向になるんです。都の職員って云っても結局、区の職員ですからね、その当時は。で、墨田区の面接に行った。未だに覚えていますよ。

「自転車に乗れますか？」

って、訊いて来る。

「質問の意味が分からないのですけど」

「はぁ？」

「まず、その何で自転車に乗るのかが分からない。『乗れますか？』、『はい、乗れます』では会話にならないと思います」

って、生意気だったんですね。そうしたら、

「ああ、もう結構です」

って、手で遮るふりをする。

「ああ、ちょっと教えてください。気になるから」

って。口頭試問でね。

「いやぁ、あの、区内の状況、いろんな街並みを憶えていただくためにも、年金の集金とかいろいろ、自転車でもって区内をまわるんです」

「ああ、出身区ですから、だいたい分かりますからね。乗りたくありません」

って、言ったの。

「もっと、人と会う仕事をさせてください」

そうしたら、

「もう、結構です」

でも、合格が来たんですよ。で、合格来た時に、同級生の進学組の連中の大学要覧を見せてもらって、大学ってどういうものか、何だか知らないからね。そうしたら、（一つぐらいは受けてみてぇなぁ）と、思った。今で云うと〝記念受験〟だね。

それで、本当にネタみたいですよ。東京都の大学要覧の一頁目が、あいうえお順で、『青山』だった。他は、何にも調べない、知らないから。青山学院大学。で、願書受付、間に合う。受験料五千円。ウチでお金を出してくれないのは知っている。で、五千円は持っている。アルバイトばっかりやっていたから。

（五千円あるな。洒落で受けてみようか）

って、願書を出した。勉強は何にもしてないけど、受けたんですよ。……受かっちゃったの。後の発表が、法学部三十七倍。凄いも何も大学へ行って発表を見に行って、受かっちゃった。どうするんだ？　って、まあ、とりあえず学校へ戻ったんですよ。で、担任に言ったら、

「ええっ！　受かったの？　皆、落っこったぞ」

青山は、ウチの高校から十何人受けたんですよ。受験組が落っこって、俺だけ受かった。深川高校から青山学院へ、その年度で入ったのは、俺一人。

でも、何で大学に行けたかと言うと、兄貴がねえ、今はもう死んじゃった兄貴に、相談したんですよ。その時に、兄貴は法政の二部に行っていた。で、昼間働いていたんですよ。農林年金で。それで、

「一人ぐらい行けるんじゃないか？　俺が夜学に行ってるぐらいなんだから」

ってね。

「じゃあ、相談しなよ。俺ちょっと今日は遅くなるけど」

って、言ってくれて、帰って親父たちと話すと、「ダメだ。ダメだ」ですよ。その時に千葉に引っ越したから、もう凄い山奥、だから、高校の卒業のね、住所録がね、大嫌いなの。千葉県印旛《いんば》郡《ぐん》白井《しろい》町《まち》根《ね》字《あざ》笹塚《ささづか》って言うの。凄いところだと思うでしょ？　降りるバス停なんか未だに憶えている「七次道《ななつぎみち》」だよ。その隣

が、三本椚《さんぼんくぬぎ》だもん。そんなところから、高校へ三年生のときから通っていたんだ。勉強なんかする訳無い。朝の一本のバスに乗らないと学校へ間に合わないんだ。大学一年まで、そのバスに乗ってたな。それで、大学入試に合格したことを親父に話したら、

「無理だから、ダメだ。就職決まっているんだから、諦めろ」

って。重ねてお願いしても、

「じゃ、金は一切出さない」

（今までだって出してねえじゃないか！）

その時の思い出をもとに、後でネタを作ったけどね、『藪入り』のまくらに使っている。そんな時にね、

「じゃあ、いいよ」

って、逆らっちゃ駄目なんだ。

「大丈夫だよ。アルバイトして行くから」

「そんなこと、出来る訳が無い！」

「出来るよ。父ちゃんの子じゃねえか」

って、殺し文句。と、親は自分の血は否定出来ねえから、

「……そうか、おまえなら出来るだろう。……行けぇっ！」

急展開したんだけど、入学金は無いんですよ。十四万三千円。まず、その金を作らなくちゃならない。これは母ちゃんですよ。

「母ちゃん、金貸してくれよ」

「大学行くって、ウチはお金ないよ。父ちゃんも言ってたろ？」

「金あるよ」

「金ないよ」

「あるよ」

「ないよ」

「そこの小引出しの中の郵便貯金の通帳を見たけど」

「うっ……、この野郎」

って、入学金の十四万円貸してくれて、「当座の金もいるだろう」からと、他に十五万円貸してくれてね。で、

「出世払いな」

って、言ってくれて……。で、お母ちゃんのおかげでもって入学金を払えて、大学に入学した。そのあとの倹約生活が大変だったけどね。だから、今のイメージとは違うかも知れないけど、俺は正真正銘の苦学生だったんですよ。

高校卒業間際に経験した俺の〝初高座〟というか、〝初ステージ〟の話というのは、高校の卒業謝恩会。校長先生から、ＰＴＡから、皆、居る訳。その頃、グループサウンズとかのエレキブームだった。だから、エレキギターの〝ギャァン、ズンチャカズンチャカ〟ばかり。皆、父兄も何も下向いて、中には耳を押さえている人も居た。

その時に、普段から寄席と落語の話をしていた物理の勝田先生が、

「おい、皆、耳ガンガンしているから、会、何か演れ！」

「わかりました」

で、司会のところへ行って、

「勝田先生が演れっていうから、十分くれ」

って、言ってね。で、「飛び入りです」。で、ステージに上がって、先生の物真似。これは、ファミリージョークで受けるんですよ。生徒は皆、先生を知っているからね。化学の細沼先生、未だにネタを憶えているな。世界史の斉藤先生、古文の遠藤先生、英語の榊原先生、いろんな先生の物真似をして、場内大爆笑。そこへ、落語大好きだったから、小噺を三つ四つ付けて、

「どうも失礼しました」

って、バカウケだった。その快感は凄かったね。こんな物真似で、……物真似

大好きだったから、笑ってくれて感謝。落語が好きだったから、小噺でウケて大感謝。それがはじめての、人前でもって演じたことがウケた成功体験です。小噺はよく寄席に行っていて、憶えていた。東京落語会とかにも、行っていたからね。

あの頃の寄席や、ホール落語会に行くとね。今から思えば、二つ目さんが、今の人間国宝の小三治師匠（当時のさん治）、それと圓窓師匠（当時の吉生）、扇橋さん。そんな人たちですよ。圓生師匠や、文楽［＊20］師匠が批評する訳ですよ。怖いねぇ、人前で。

「これはおまえさん、誰に教わった？　あそこで、おまえこんなことを言うのは何故なんだい？」

皆、二つ目が背筋を伸ばして正座している。落語を聴いているときは、お客様も笑っているのに、批評家になると……、恐ろしい。芸人の恐怖ってのも、その時代に覚えちゃった。だけど、人前でウケる快感を覚えちゃったからね。

青山学院の落研には、入学前から入部することを、「螢雪時代」をたまたま読んで決めていた。それがなかったら、俺が噺家になることもなかった筈だった。

［＊20］文楽　八代目桂文楽。昭和の落語界で名人と呼ばれたうちの一人。持ちネタはあまり多くなかったそうだが、『明烏』を始めとしてどの噺も隅々まで精緻に磨き上げられた芸であったという。明治41年初代桂小南に入門、大正9年八代目桂文楽を襲名。昭和46年逝去。

第三章　「どうだい？　落語やってみねぇかい？」

平成十九年二月十三日　横浜にぎわい座　三遊亭圓楽独演会
六十九歳と六日……リセットの会『藪入り』のまくらより

先ほどちらっと入門のキッカケね、師匠のほうから誘われてこの世界に入ったと言いましたが、こういうところを聞き逃して欲しくないんですよ（爆笑）。大抵入門ってぇのは、「弟子にしてください」と日参をしてお願いして、師匠のほうが根負けをして、「じゃあ、しばらく居てごらん」と言って、弟子になるんです。

あたしの場合、ちょっと細かく話をしますとね、鞄持ちしていましたでしょう？　で、ウチの師匠が住んでいたのが、竹ノ塚という所でございます。足立区のね、西新井の一つ先の寺町でございましてね。そこへ帰るタクシーの後部座席で、勿論師匠が奥へ座っていて、で、あたしが手前へ座っていて、あれでもう夜の十時近かったですか……。で、西新井橋を渡って、七曲りってところを、こう七曲りってくらいですから、七回ぐらい曲がるんですよ。その車中でもって、ウチの師匠が顔を近づけて来るんです。……想像してください（笑）。夜の十時に（笑）、竹ノ塚に向かう街灯もないような七曲りと云う道で、タクシーの後部座席の狭い空間の中で、あの顔が近づいてくるのですよ（笑）。ホラーですよ、ええ（笑）。で、（何か言うな）って思っていたら、

「（五代目の口調）君は卒業したら、どうすんだい？」

　って、こう訊いてきたんです。その頃、師匠の鞄持ちの他に放送作家のアシスタントだとか、まぁ、食えませんからね、学費出すのも大変で、いろんなアルバイトをしていました。まぁ、その中でやりたい仕事は、やっぱり放送局や何かメディア関連の放送作家をやってみたいと思っていたので、

「放送関係に行きたいと思います」

「……（五代目の口調）どうだい？　落語やってみねぇかい？」

「……と、申しますと？」

「（五代目の口調で）めんどくせいから、弟子になっちまぇよ」（笑）

「えっ？」

こう云った訳でございますよ（笑）。ねえ、と云うことはスカウトでしょ？

ええ（爆笑・拍手）、だから一門の五十何人居る中で、スタートがわたしだけ違うんですよ。

でもまぁ、弟子になってもやることは同じです。鞄持って、付いて歩いていた。そうしたら、あのNET、え〜、今のテレビ朝日ね。日本エディケーショナル・テレビジョン、NET、ねぇ、そこのプロデューサーが、

「やっぱり、弟子になったんだ」

って、言うんですね。

「えっ？　と、申しますと？」

「いやぁ、僕たちが薦めたんだよ。君ぃ、鞄持って付いてるから、

『お弟子さん？』

って、訊いたら、師匠が、

『あれ、あの、学生で鞄持ちのアルバイトしてる、うん。まぁ、落語のことも知ってるし、放送作家のアシスタントもやってるから、多少のものは書けるし、着物もたためるし、重宝してるよ』

『だったら、弟子にしちゃえばいいじゃない』

『どうして？』

『弟子にすれば、給料払わなくて済む』

って、言ったんだ」（笑）

ウチの師匠の頭の中に、「タダ」って吹き出しが出たんですね。それが西新井橋を渡った七曲りのホラー（笑）。そこへつながって来るわけですね。だけどまぁ、そこで誘われて流されて、で、

「卒業は出来るのか？」

って、訊かれたんで、卒業まで二年ありましたけど、

「専門科目を少しやって、出たい授業、あるいは出なきゃいけない授業が少し残っておりますが、それさえクリア出来れば、卒業は出来ます」

「ああ、じゃあ、勿体ないから卒業しなさい」

てんで、まあ、学校にそれこそ週に一日二日、あとは、全部師匠のお供をして、で、無事卒業して、それまでは見習いだったんですが。卒業と同時に落語協会の前座拝命。

見習いと前座じゃあ、えらい違いですからね。見習いってのは、見て習うだけですから（笑）、楽屋に居てボーっと突っ立っててね。

「あんちゃん、手伝いなよ」

てなことを、言われるまでは、動いちゃいけないんですよ。給金もねえ、それこそ、雀の涙ってものじゃないですよ。見習いやるとね、百円くれるんですよ。

で、前座になると百五十円になるんです（笑）。この五十円の差は大きいですよ。で、それから一年ぐらいたつとね、二百円になって、で、最後は二百五十円。二日に一遍《いっぺん》給金が出てね。玉の音がしない袋をもらうんです。……五百円札。懐かしいでしょ？　五百円札入っていると、嬉しいです。（これでもって、四日食えるなぁ）ってもんです。え〜、それぐらいの生活です。あの言っときますけど、時給じゃないですよ（笑）、日給ですよ。ええ、一日働いて二百五十円、そんなんで楽屋でもって一所懸命働いてました。

そうしたら、大師匠の圓生師匠が、そばへ呼んでくれましてね。ああ云う、あの、偉いお師匠さんになると、呼ばれるまではそばへ寄れないんですよ。

「おいおい、楽太郎、ちょいとこっちへおいで」

「大師匠、何か御用でございましょうか？」

「おまえは圓楽に訊いたらば、キチンと大学を出たらしいな？」

「はい、おかげ様で、卒業させていただきました」

「へへっ、無駄でゲス」（笑）

って、一言《ひとこと》でしたね（爆笑・拍手）。驚きましたよ、そばへ呼んどいて誉めてくれるのかなぁと思ったら（笑）、頭一つポォーンと叩かれたようなもんですよ。確かに、考えてみりゃぁ無駄でしょうな。この商売に学問は要りません。雑学は必要ですがね。それこそ、系統立った学問は必要ございませんしね。だから、昔の人はそんなに勉強しなかったでしょう。

圓生師匠だって、いわば今で云うと家庭教師、……教えてくれる人が家へやって来て、え〜、それこそ小さな頃から〝豊竹豆仮名太夫〟と言うんで、子供で義太夫語りで寄席へ出ていたぐらいですから、読み書きはみんな家でもって、そういう人が教えてくれた。

だから、その手の話でもってね、楽屋で花が咲きましてね。林家のお師匠（八代目林家正蔵［＊1］）さんだとか、二代目橘家文蔵［＊2］師匠だとか、いろんな師匠がいらっしゃってね、圓生師匠が口火を切りましたよ。

「おまえさんは、学校へ行ったかい？」

「馬鹿にする奴があるか、あたしゃぁ四年も行ってた」（笑）

昔は何年制なんですかね？

「その向こうは？」

「え〜、そんなものはあったかな？」

って、ヒドイ人が居ましたよ。（学校があったかな？）って時代ですからね。もっとも、そういう人たちってのはね、芸人になればなれたで良しで、そうでない子供の親としてはね、（手に職をつけさせよう）、（食えるようにしてやりたい）って

［＊1］ここでは八代目林家正蔵としてあるが、没した際は林家彦六と名乗っていた。通称・彦六の正蔵。怪談噺、芝居噺の正蔵として有名だった。明治45年二代目三遊亭三福に入門、昭和25年一代限りという七代目の海老名家との約束で八代目正蔵を襲名、昭和55年先代の長男である林家三平が逝去、その翌年に正蔵を返し、彦六を名乗った。昭和57年逝去。

［＊2］二代目橘家文蔵　昭和30年八代目林家正蔵に入門。当時の正蔵師はいずれ海老名家に名前を返すつもりがあり弟子には別の亭号をということで昭和43年二代目橘家文蔵を襲名した。平成13年逝去。

のが、親心でございます。

貧乏な家の子供が、母親に入学金を借金して私立大学に通うことになった。だから、入学当初は金で苦労した記憶がある。交通費が勿体無くて学校は休めない。一年のときは取れるだけ全部五十八単位ぐらい取ったかな。我ながら凄いと思う。本当に休んでいる暇が無かった。だから時間割を全部つないじゃう。教職課程も取った。月曜から土曜の昼まで、まわるように全部ね。だから皆出席ですよ。

それでね、分かった。ノートが売れることをね。大学って、皆、休むのね。これで結構稼げた。それから家が田舎だから、終バスが早いでしょ？　帰れなくなっちゃうときもあったから、掃除のアルバイトを始めた。掃除ってのは、閉店後の作業で、徹夜でいろんな掃除をした。よく働くもんだからね。

「君が、一チーム持ってくんない？　君の同級生かなんかで、やりたい奴が居たら」

で、アルバイトの元締めをはじめる。それから配膳のアルバイトにも行った。パーティーとかの片づけを考えると、終電も終バスもない時間に仕事が終わる。昔はマンガ喫茶も何にもないから、泊まるのは雀荘ですよ。人の麻雀を見ていた。見ているだけだと、金をとられないからね。当時は徹マンを許してくれた。

　で、配膳のアルバイトの偉い人から、

「君、フルコースを憶えてくれない？」

「どうしてですか？」

「ホテルのパーティーへ入ってもらうから」

「いや、そこまでは出来ませんよ。時間も不定期ですし、たまにしか来ないですから」

　で、結局、学生を派遣する元締めまでやった。後の話になるけど、ウチの師匠の鞄持ちをやりながら、大阪万博のとき、京都のホテルに学生のボーイを何人か派遣させていたこともある。そこでも随分金抜いたなァ。

　働き方が上手かったんでしょうね。印象は人の倍以上働いている様に見えたんでしょう。だから、『ねずみ穴』演ると上手いんだ。朝から晩まで働くのは実体験だからね。下町で生まれ育ったから、気が利くでしょ？　先を見るでしょ？　どこ行ったたって、「正社員になってくれないか？」、「卒業したら、どうするんだ？」、そんな話ばっかりだった。

　授業に、アルバイトに、長い通学時間という「一体いつ寝ているのか？」という一年生の間も、落研にはちゃんと出席していたし、ちゃんと稽古も出ていた。

今も、ウチの倅に言っているのは、

「履ける草鞋《わらじ》だったら、何足履いてもいいぞ。その中で、ゆっくり一つを選べばいい」

俺もそうでしたからね。乞われて、勧められて、やらせてもらえれば、全部やっちゃう。出来ることは何でもやる。俺の生きのびてきた術ですよ、眼でおせんべいを噛むのは出来ないけど……。そして大学一年の終わりの時に、入部していた落研から、「五代目三遊亭圓楽の付き人」募集の話が舞い込んで来た。

青山学院大学の落研には、プロの落語家の顧問がいて落語の指導にあたってくれていた。その顧問とは、三遊亭吉生《きっしょう》さんと云う落語協会の二つ目さんで、後の圓窓さんだ。当時、二十九歳の吉生顧問が、凄いアルバイト口を持って来た。吉生顧問の師匠である三遊亭圓生師匠の総領弟子［＊3］である五代目三遊亭圓楽が、〝鞄持ち〟のアルバイトをさがしていると云うものだった。先輩が、吉生顧問に訊いたそうだ。

「落語家の〝鞄持ち〟のアルバイトって、どんなことをするんですか？」

すると、吉生顧問は、頭をかきながら答え難そうに口を開いた。

「いやぁね、圓楽兄《あに》さんは、今やマスコミの寵児って云うぐらい売れているだろ？」

［＊3］総領弟子　〝総領〟は一般的には長男、もしくは家名を継ぐ人を指す。古くは律令制時代に地方の土地を治める人物を指した。ここでは単に一番弟子という意味で良いでしょう。

「はい」

「寄席以外にラジオやテレビの仕事を何本も抱えているからね、何冊にもなるその台本を持ち歩くだけでも、凄く重くなるんだ。着物の鞄もある。それを兄さんの代わりに持ってもらう。兄さんの面倒を見る筈の弟子の楽松なんだけど、前座、それも立《たて》前座［＊4］だから、寄席を離れられない。お供をする前座が居なくなっちゃったから、……う〜ん、前座的なこともやってもらうことになるかな？」

「……じゃあ、新しい弟子を入れた方が手っ取り早いんじゃないですか？　圓楽師匠ほど売れっ子だったら、弟子をたくさん入れても大丈夫でしょう？」

「いやぁ、ダメなんだよ。理由は言えないけど、弟子はダメなんだ。今欲しいのは、〝鞄持ち〟のアルバイトなの」

何故当時の吉生顧問が理由を言えなかったのか？　それは五年前に落語協会会長に就任した吉生顧問の師匠、六代目三遊亭圓生師匠の会長命令があったからだ。

「落語協会会員の真打は、新規に弟子をとることを禁じる」

その頃無駄に人が増えてきたからね。当時からすでに、古典落語の名手として高い評価を受けていた圓生師匠は、大変に芸に対して厳しい人で、「才能の無い

［＊4］立前座　寄席において〝前座〟という立場の落語家は楽屋仕事全般を受け持つ。中でもリーダーとなってその番組の前座たちを統率し仕切る立場の前座のこと。

者、芸の無い者は、真打に成ってはいけない」と云う考えだった。また、落語家たるもの、人気先行で芸を磨くことを怠る芸人を毛嫌いしていた。

「草花は綺麗でゲスけれど一年で枯れますなぁ。そんなものばかりでは、花壇になってしまいます。あたしは、日本庭園の松の木のようなしっかり磨き上げた芸を育てるつもりです」

　と語るほどだった。こんな深刻な理由も先輩から話がまわって来ると、

「誰かうちの兄さんの、付人になってほしい。バイトしてくんないか？」

　って、軽い話になって、部員の中の何人かが面接を受けることになった。三遊亭圓楽の顔と名前は、当然当時の俺は知っていた。いや、知っていたどころじゃない〝星の王子様〟として、燦然と輝く大スターだった。憧れだった。気がついたら俺も、吉生顧問に面接を申し込んでいた。

　大学一年生のおわり、桜のつぼみが膨らんで、今にも咲きそうな三月のある日、新宿末廣亭の裏の『楽屋』っていう名前の喫茶店で、俺の人生を決定づける出会いが待っていた。

　寄席やテレビで見かける着物姿ではなかった。洋装でも、特徴的な長い顔で、（わぁ、本物の三遊亭圓楽だ）と思った。青山学院大学の落研の五人ぐらいで面接に来ていた。

面接しながら師匠はヘビースモーカーだから、テーブルの上の灰皿は吸殻で満杯。コップの水は空になっていた。師匠の話のタイミングを見ながら、俺はテーブルを拭いて、灰皿を片づけて、コップの水を注ぎ足して、ともかく口よりも手と足を動かしていた。その様子を眺めていた圓楽師匠は、

「君、ちょこちょこしなくていい」

「ええ、どうもすみません。ちょっと汚れていたもんですから、気になると片づけないとおさまらない性分なんで」

圓楽師匠は、苦笑しながら、煙草を取り出した。人間は不思議なもので、灰皿をキレイにすると煙草を吸いたくなるものだ。すかさず、俺はマッチを擦って火を師匠の煙草の先《さき》に近づけた。

(気の利く奴だな)

と、思ってくれたのか、くれてないのか、師匠の方からいろんな話をしはじめた。どっちが、面接しているのか分からないほどだ。

「噺家ってのはね……」

当時から師匠の話は、横道によくそれた。ウチの師匠の話は、まくらと同じで、「それは、さておき」で本題に戻る。

「それはさておき……、君、やってくんねえか?」

って、俺が選ばれたんだ。先輩たちが居る目の前で、『お見立て』［＊5］みたいに。

「はい」

「後の細かいことは、藤野君に訊いてくれ」

って、藤野さんに紹介された。で、

「いつから来られるか？」

この日を境に、俺は落語の世界に足を踏み入れたのだ。当時の超売れっ子の大スター〝三遊亭圓楽〟の鞄持ち。雲の上の存在について歩くだけで、見たこともない煌《きら》びやかな世界を体験させてもらった。大ホールの楽屋、テレビ局のスタジオ、ドラマや映画の撮影現場、とにもかくにも忙しい師匠だった。

師匠にしては珍しいテレビ番組の仕事があった。今で云うと生活情報番組って云うのかな？　当時のNET、今のテレビ朝日の『奥様そこがコツです』って番組のメインキャスターをやっていた。その番組のアシスタントが俺よりちょっと年上の宮本信子［＊6］さん。歳が近かったから、直ぐに打ち解けてね、

「あらぁ、今日は珍しくスーツじゃないのね」

って、言ってくれたのを思い出す。つまり、師匠に付いて行くときは、いつもスーツだったから、たまにデニムを着ていくと、

［＊5］落語の演目『お見立て』〝見立てる〟は見て選んで決めること、または何か違うものになぞらえる表現にも使う。落語『お見立て』は遊郭にて並んでいる遊女を客が選ぶ様を指し、この時の様子がそのようだったということ。

［＊6］宮本信子　女優、昭和38年デビュー。44年、映画監督の伊丹十三と結婚、昭和59年伊丹監督映画『お葬式』の主演で脚光を浴びる。その後『マルサの女』やNHKテレビ朝の連続ドラマ『あまちゃん』での活躍も有名。

「似合うわよ」

って、言ってくれた。伊丹十三監督と結婚する直前か、直後ぐらいだったかな。テレビに出ているタレントさんに私服のセンスを誉められると、こんなにも嬉しいものだとはじめて知った。

落語家っていうのは、高座に出ているときの着物姿と、移動中や楽屋での普段着の洋装の雰囲気が全然違うと云うけれど、ウチの師匠はともかくオーラがあったから、違いをあまり感じなかった。超がつくほど売れているし、居るだけで存在感の圧が強かった。だけどね、当時の（立川）ぜん馬も言っていたことなんだけど、時々噺が破綻していた。談志師匠じゃないけど、凄ぇ破綻していたことがあった。

と言うのは、ウチの師匠は忙しすぎて稽古する時間が無いから、高座の本番中に噺を仕上げていく落語家だった。俺が目撃したのは、ちょうど鞄持ちが必要になるぐらい忙しい最中だったから、当然不慣れな噺は稽古不足のまま高座にかける。俺たちが、（破綻しているなぁ）と感じる噺だって、名前と顔が売れているアドバンテージと、大きな存在感で客を満足させてしまう。それも凄いけど、もっと凄いのは一年もたつと、その破綻していたはずの噺が、見事なまでに成長しているところだった。なので、俺は（実は、努力の人だったんだ）と一年後に知ることになる。ただ、忙しすぎて、この頃は乱暴だった。

でもね、例えば東横《とうよこ》［＊7］に出演《で》るとかね、そういう前になると、ちゃんとさらってたな。

「ちょっと、話しかけねぇでくれ」

ってね。ずぅーっと、頭の中で噺をおさらいしていたんでしょうねぇ。

鞄持ちのときの一番の思い出は名刺だった。

「名刺を作りなさい」

って、言われて、本名のね。で、「肩書は？」って訊いたら、

「肩書？　付人ってぇのも変だな。自分で考えて来い」

それで、ウチの師匠が、自分の名刺に「名人圓楽」って入れていたから、俺もふざけて、

「名人圓楽の懐刀　会《あい》　泰通《やすみち》」

それに星企画［＊8］の住所が入っている名刺を作った。師匠に渡したらね。その名刺を手に持ってじーっと見て、プッと笑って、

「(にやにやしながら) おまえ、懐刀って意味を判っているのかい？」

「ええ、秘密の……」

「ふぅ～ん、懐刀って……、まあ、あたしとおまえと両方立ててあるのが偉ぇ

［＊7］東横　「東横落語会」の略称。昭和31年から昭和60年まで、渋谷東急東横店にあった東横ホールにて開催された落語会。当時の人気古典派落語家(文楽、志ん生、圓生、三木助、小さん)を中心にプログラムを組み、若手でも実力を認められた落語家でないと出演することができなかった。

［＊8］星企画　五代目三遊亭圓楽師の事務所。当時のマネージャーであった藤野氏が設立。当時の圓楽師のキャッチ・フレーズ「星の王子様」からネーミングをとった。

な」

　ってね。それから、藤野さんの縁で俺は、物書きの松本醇《まつもとじゅん》先生の弟子にもなり、文化放送だ、日本テレビだ、って局に出入りしながら、とにかくいろいろと原稿のノウハウを叩きこまれた。後に一番役に立ったのは、松本先生の無茶ブリだった。

「『アメリカンジョーク一〇〇〇〇』って英書を、訳せるかい？」

　って、言って来た。

「とりあえずやってみます」

　って、辞書を片手にやったんですよ。殆どスラングで出来なくてね。それで、

「じゃあ、ちょっと待ってくれよ。よし、じゃあ、国会図書館へ行って、週刊新潮の最後の方に載っている『アダムとイブ』ってジョーク頁を、あそこを全部コピーしてきて来て」

　って、創刊号からの『アダムとイブ』を図書館に行ってコピーしたら、五十センチ以上の厚さだった。国会図書館って、何の本でも全部あるんだ。

「面白いのに丸を付けてくれる？」

　って、言われた。だから僕が噺家になって、まくらとかが他の噺家と違ったのは全部そこにネタ元のルーツがある。で、今は俺が作った『フルムーン』だと

か、皆、演る様になっちゃっているけど、あれは演っている奴等は、俺に言わせれば泥棒だからね。『モンキードライバー』とかね、みんな、そういうところから引っ張ってきたんだ。

『ウクレレサンドイッチ』は、マジシャンのナポレオンズからもらったジョークを長くしたし、『フルムーン』は、開高健さんの『食卓は笑う』、あれに僅か二行ぐらいのジョークなんだ。そういうものをドンドンドンドン放送作家志望のときに、溜めていた。

談志師匠も世界のジョークが大好きだったからね。同じ出所なんですよ。松本醇さんも、そういうのを集めていた。

時代が良かったのか悪かったのか、あるラジオ番組のニュース・コントで、放送禁止用語がいきなり使われていた。

「×人が……」

って、いきなり書いてある。そのころ、×喰い人種のジョークが流行してね。×喰い人種が親子で空を見てて、飛行機が飛んできたら、

「おとうさん、あれ食えるのか？」

って、子供が言ったら、

「あれはなあ、海老と一緒でな、中身を食うんだ」

って。

それでね、談志師匠に勧められた本がある。『進化した猿たち』とね、『新・進化した猿たち』って云う星新一［＊9］さんのエッセイ集。あれはヒトコマ漫画なの、笑いのエッセンスだから。何だか知らないけど、そういうとこは松本先生も、談志師匠も、ジョークってものに興味を持たせてくれた。最高ですよ、あの『死刑を楽しく』なんてね。

電気椅子に座らされようとした奴が、看守に逆らう訳。

「なんで、逆らうんだ？」

「椅子の上に画鋲がある」

って、ヒトコマ漫画の下に書いてある。

無人島でもってね、瓶に手紙詰めて流してる。友だちが、

「おい、何してるんだ？」

「遠泳の通信教育」

こういう可笑しさはね、あの時代の作家たちのセンスから教えてもらった。

落語好きの学生のアルバイトにしてみれば、夢のような毎日だったけど、時代の現実が俺を待っていた。その現実とは、七十年代安保と呼ばれる学生運動だっ

［＊9］星新一　ＳＦ小説家。大正15年東京に生まれる。父親は星製薬の創設者。東京大学大学院前期修了後、父の跡を継ぎ星製薬の経営をするが破綻し会社を手放す。この頃ＳＦと出会い自らも同人を作り書き始める。昭和32年、星薬科大学の非常勤理事をしながら書いた作品『セキストラ』が〝宝石〟に掲載され作家デビュー。その後大量の短編ＳＦを書き、ショートショートの神様と呼ばれた。平成9年逝去。

た。

青学の全共闘［＊10］の反対運動の項目に、『授業料の値上げ反対』が入っていた。こちとら、貧乏人の倅だ。借りた入学金は、よく働いて母親にとうの昔に返したけどね、俺は授業料値上げ反対が理由で、全共闘に参加した。そうしたら、古株の先輩たちが、上から順番にあちこちのデモで逮捕《パク》られていってね。いつの間にか、俺は全共闘の最前線に立っていた。

一番大きなところでは、新宿の騒乱罪の現場に居た。鍛冶橋の中核派の交番焼き打ちにも居合わせた。それから、日大の法経奪還闘争、それから神田カルチェラタン、国会前、明治記念館、主な闘争の現場に居た。師匠の鞄持ちや他のアルバイトをやりながらだから、いったい俺は何人居たんだ？　と思うぐらい。

連帯の挨拶が面白かった。先輩たちが皆逮捕されたりして、居なくなっちゃったから、「お前がやれって」。で、見本を演るんだよ、

「いいか、よく聴いておけ」

って、アジ演説の師匠だね、

「ここにぃ、結集したぁぁ、すべてのぉぉ。戦闘的労働者、並びに先鋭的学生諸君！」

「異議なぁぁし！」

［＊10］全共闘　〝全学共闘会議〟の略称。昭和43～44年（70年安保前夜）、大学の自治会組織とは別に自主的に作られた各大学の学生運動組織の連合体。

こいつら、ヘンな調子だなと思って、で、前へ出てって、

「どうも皆さん、こんばんは」

「ナンセーンス〔＊11〕！」

ナンセンスじゃねえ！　俺に言わせれば、ヘンな調子をとってやがる。だから、普通に話そうとしたんだ。

「え〜、これからデモ行進と云う示威行動をするんだけども、その途中でもって赤坂警察とかいろいろ通るけど、機動〔＊12〕の規制が厳しいところで、無理にジグザグやなんかして、無駄な逮捕者を出さない。我々は何を訴えているのか、その信念を以ってデモ行進をしてください」

「ナンセーンス！」

「分かりやすいだろ！　バカ野郎！　マルクスもレーニンもクソもねえんだ。『今日は捕まらないで、皆で訴えましょうね』って言っているんだ。考えろ！安全保障、それぞれ持ってんだ、意見は」

そんなことを言ってね、変な全共闘。意外にデモは面白かった。体力と神経とを全部を使って、逃げ足も速かったからね。写真は（公安に）撮られたでしょうけど、一回も捕まらなかった。でも、新宿のときに遂に包囲された。

三十人ぐらいの機動隊員に、盾でもって囲まれた。後ろは工事現場になってい

〔＊11〕ナンセンス　当時、学生運動のヤジの定番だった言葉。〃無意味〃であるという意味だが、元の意味は形骸化していて単にヤジるための道具になっていたようだ。

〔＊12〕機動　〃警視庁機動隊〃の略称。集団犯罪に対処するために〃集団警備部隊〃として昭和23年に創設され、32年〃警視庁機動隊〃と改称した。当初は第一から第五までであったが、昭和44年暴力的になる極左活動に対処するために第六から第九、特科車両隊を追加し現在に至る。

て逃げられない。それで、俺は指揮者を見ていた。指揮棒一閃でもって、全員逮捕だったから。指揮棒が振られそうになったら、

「ほら、排除［＊13］って言うからどけよ」

って、穏便に逃げようとした。「何でか？」って云うと、一番前のお巡りさんがね、朴訥なねえ、訛りのあるお巡りさんだったから、

「もう、みなぁも学生なんだから、キツンと勉強しろぉ」

「いや、お巡りさん、ほら、今、排除って指令になっているから、どくから」

「ああ、そっか」

って、盾を開けてくれて、そこから三人がパァーッと逃げた。

若いときは、まくらで「ゲバ棒の使い方」を語っていたほど、あれの使い方はコツがある。脇を固めるとかね。それで、あれは振り下ろすんじゃなくて、ドンと押して、警官のすねとかを突く。でもね、手甲にピアノ線が入っているから、どうやったってダメだった。向こうの方が強い。

ウチの師匠は、俺の学生運動のことは最後まで知らなかった。

学生運動の大きな闘争の殆どに参加して、配膳のバイトからホテルにボーイを派遣する元締めをして、それで師匠の鞄持ち、そこからの人脈で放送作家として

［＊13］排除　文字通り〝排除〟すること。学生運動の集団を検挙する前にまず〝排除〟の指令を出すことがあったようだ。

の原稿書き……、昭和四十五年はボロ雑巾のように身を粉にして働いて忙しかった。二足の草鞋どころじゃない。三足、四足ぐらいですよ。働くことなんて全然苦じゃなくて、高校生からバイト漬けの毎日だった俺が、生まれて初めて疲れ果てた夜があった。

もう疲労困憊にくたびれて、くたくたになって、みんな放り出して、ゴロって横になってね。部屋に置いてあった6ミリのロールテープのテープレコーダー、カセットテープに切り替わる直前の時代だった。それで、落語を聴いて微睡《まどろ》んでいた。そうしたら、頭の中に閃いたものがある。

「あっ、ユートピアは、ここにあったんだ」

って、気がついた。世界同時革命？　何を言ってるんだよ。ユートピアの確立？　って、ここにあるじゃないか？　人情溢れる近所があって、友達がいて、仲間がいて、親がいて、ユートピアは下町にあった。そのルーツは、落語に登場する人情長屋じゃないか。（じゃあ、もう、ヘルメットを脱ごう）って、思ってね。それでもう、（俺は、師匠に一本槍）と決めた。

そんなことがあった後日、ウチの師匠とタクシーで、師匠の竹ノ塚の御自宅に帰宅する最中のことだ。

「君は卒業したら、どうすんだい？」

「放送関係に行きたいと思います」

「……どうだい？　落語やってみねぇかい？」

「……と、申しますと？」

「めんどくせいから、弟子になっちまぇよ」

「えっ？」

（学生運動はやめる）と決めた後だった。漠然と、落語家になるには身の丈とか才能が合わないような気がしていたから、放送作家のほうが現実的だと思っていた。と言うより、ウチの師匠に弟子入り志願しても、師匠が気乗りしない場合の心配もあった。でも、（圓楽師匠に一本槍）と決めたのもついこの間だ。その師匠から乞われて弟子になる。大好きな師匠から乞われて弟子入りするんだ。精一杯期待に応えなければならない。俺は、そのタクシーの中で五代目三遊亭圓楽の弟子になることを決めた。当然ながら、芸名はまだ無い。

第四章「俺たちゃ、落語四天王の弟子だよなぁ？」

誰でも若い時の思い出は、夢の中の出来事のように美しい。俺の場合は昭和四十七年の夏、二十二歳の出来事が最も美しい記憶だ。

記憶の中の俺は、プールサイドのサマーベッドに腰かけて、プールで水しぶきがキラキラとあがる様子を眺めていた。

池袋に建設されたマンモスプールのところどころに据え付けられたスピーカーからは、この年にヒットした天地真理の『ひとりじゃないの』が流れていた。

抜き手を切ってきれいなフォームのクロールで泳いでいるのは、談志師匠の弟子の立川孔志だ。俺より二つ年上で、入門はほぼ同期の前座は、剣道をやっていたと言い、鍛えられた硬そうな肉体だった。

その孔志と対照的に、サマーベッドでゴロっと横になっている色白の柔らかそうな肉体の少年は、麦わら帽子にサングラスと決めて、「噺家は日焼けしちゃダメですよ」なんて言って日焼け止めクリームをべたべた塗っている。偉そうなことを言っているが、まだ十七歳の高校生なのだ。五歳年下でこれまた同期の前座は、春風亭柳朝［＊1］師匠の弟子で春風亭小朝という……俺から見れば〝子供〟だった。

「何で、落語協会に入りたての修業中の噺家が、オシャレなプールで遊んでいるのか？」

って、云う問いには簡単に答えられる。たまたまこの三人が、池袋演芸場［＊2］の昼席［＊3］の前座に一緒に入って働いた。職場の帰りに、同期の前座で遊びに行こうということになったのだ。同期の噺家の数は、ある理由があって多い世代だった。その中でも、この二人とは何故か気が合った。この頃の俺は知る由もないが、生涯を通じて懇意にする付き合いの、はじめの半年足らずの出来事だった。

俺は、つい半年ほど前に知り合った二人の前座の姿を見ながら、これで古今亭志ん朝師匠の前座の弟子が居れば、当時の落語界を席巻していて落語四天王と呼ばれた五代目三遊亭圓楽、七代目立川談志、五代目春風亭柳朝、三代目古今亭志ん朝の弟子が揃うことに気がついた。俺は、横のサマーベッドに横たわる少年に

［＊1］春風亭柳朝　五代目春風亭柳朝。昭和25年蝶花楼馬楽（後の林家彦六）に入門。昭和37年五代目春風亭柳朝を襲名。当時は談志、志ん朝、圓楽とともに若手四天王と称されていた。明るく歯切れのいい語り口と江戸前の芸風で人気を博した。平成3年逝去。

［＊2］池袋演芸場　通例〝寄席〟と呼ぶ東京に4軒ある落語定席のうちのひとつ。池袋の北口から歩いて数分の場所にある。昭和26年開場した当時は映画館の3階にあり客席は畳敷きであった。平成2年に建物の取り壊しとともに閉鎖。平成5年に新築ビルの地下にて再開場し現在はすべて椅子席となっている。

声をかけた。

「なあぁ、小朝さん」

サングラスを外した小朝が、眩しそうな顔をこっちに向けた。

「ナアニ？　楽ちゃん」

「俺たちゃ、落語四天王の弟子だよなぁ？」

「……確かに、四天王と呼ばれる談志師匠のお弟子さんの孔志さん、圓楽師匠のお弟子さんの楽太郎さん、それと柳朝師匠の弟子のボク……、志ん朝師匠のお弟子さんが欠けていますけど、四天王の弟子が三人たまたま揃っていますね」

そう言うと、小朝は傍らに置いてあったオレンジジュースに手を伸ばして、ストローで上品に一口飲んだ。

「だからさ、志ん朝師匠の弟子の誰かを入れてさ、『四天王・弟子の会』って落語会を開かないか？」

「プッ！」

小朝は、オレンジジュースでむせた。

「……ああ、ビックリした。面白いけど、出来るかな？　楽太郎さん、孔志さんと、ボクは、まだ寄席に出入り出来る身分になって半年も経ってないじゃない。厳密には、落語協会から見れば、まだ全員〝見習い〟だよ」

［＊3］昼席　寄席は年中無休であり、その番組は昼席と夜席に分かれている。昼席はおおむね12時半から開始し16時半頃まで、夜席は17時から20時半頃までである。前座の立場の者は必ず都内のどこかの寄席に10日間ごとに楽屋仕事を務めることになっていた。

「……ふーん、小朝さんは、まだお客さんの前で演れる噺を教わってないの？」

「いやいや、出来ますよ。……何、言ってるんですか？　何席も持ってますよ。落語協会から正式に新弟子と認められるまで一年もあったし、その間に師匠も何席も噺を教えてくれたし、……それに圓楽師匠の鞄持ちを装って、〝隠れ弟子〟だった楽ちゃんも同じじゃないですか？」

いつの間にか、プールサイドに両肘をついた孔志が、胸から下を水の中に入れたままニヤニヤして、俺たちの話を聞いていた。

「……ヒロ［＊4］ちゃん、互いに〝隠れ弟子〟が長かったんだ。この三人なら、芸の心配をしなくていいんじゃないの？」

この三人の中では最年長の孔志が、七歳年下の小朝に諭すように話した。〝隠れ弟子〟というのは、訳があった。俺と小朝と孔志は、師匠に入門してから一年ちょっとの間、落語協会に新弟子としての登録が出来なかったのだ。それは、その年の三月まで落語協会会長だった六代目三遊亭圓生師匠、つまり俺の大師匠の芸に対する厳し過ぎる姿勢にあった。俺の記憶は、ウチの師匠から、

「めんどくせいから、弟子になっちまぇよ」

って、言われた時分に飛ぶことになる。

［＊4］ヒロ　春風亭小朝の本名、花岡宏行（はなおかひろゆき）からこの名で呼ばれた。

「ちょっと面倒なことになった」

『笑点』の楽屋で、ウチの師匠は正式入門前でスーツ姿の俺を前に、難しい顔をしている。ウチの師匠の五代目三遊亭圓楽は、昭和四十三年に当時の司会であった談志師匠と回答者メンバーの対立で『笑点』を降板したが、昭和四十五年に司会が前田武彦［＊5］さんに代わった『笑点』に復帰していた。

「……と、言いますと」

「うん、師匠に、おまえを入門させる報告をしようと思った矢先に、落語協会の理事会でな……、

『これから新たに弟子をとることを禁止する』

って、師匠が言い出したんだ。師匠は、落語協会の会長だ。おまけにあたしは、その会長の圓生の総領弟子だ。まさか、直ぐに師匠の発言に逆らうようなことは出来ない……。困ったことになった」

『笑点』が収録される後楽園ホールの楽屋は、大きな控室に出演者全員が入る大部屋方式なので、元々師匠の大きな声は、本人がひそひそ声で話しているつもりでも、他の出演者に筒抜けだったようだ。落語芸術協会に所属していて、『笑点』の人気メンバーの桂歌丸師匠が「おやおや」と言いたげな表情でやってきた。四年前に真打に昇進した三十六歳の若手噺家は、何故か二十代の頃から老成

［＊5］前田武彦　放送作家が本業だったが、タレントとしてのテレビ出演が次第に多くなった。昭和43年「夜のヒットスタジオ」で司会を務め有名になり、翌44年、立川談志の後を受け「笑点」大喜利の司会となった。（本文では昭和45年としてあるが、正確には44年の11月からとされている）

した雰囲気と味わい深い口調の語りで人気があった。

「圓楽さん、お宅の会長の圓生師匠は、芸に厳しいからね。今度は、『弟子とっちゃいけねぇ』って、言い出したのかい？　そっちの鞄持ちの会君《あいくん》が入門するんだろ？　あたしゃ、前から（この世界に）来ると睨んでいてねぇ……」

「ちょっと、歌さん、黙っててくれねえか？　まだこの子に説明出来てねぇからね」

「あいよ」

歌丸師匠は、舌をペロッと出すと、満面の笑みで俺に向かって言った。

「圓楽さんが（弟子に）とってくれないなら、あたしのところへおいで」

ウチの師匠が歌丸師匠を睨みつける。途端に歌丸師匠は真顔になって、

「……冗談だよ。誰が中古の弟子なんか欲しがるかい」

珍しく悪態をつきながら去って行く歌丸師匠を目で追いながら、ウチの師匠は、今度は小声で話し始めた。

「お前さんも知っての通り、圓生師匠は芸に厳しい……。で、威張る訳じゃないが、今や世間は、あたしや談志の人気で落語ブームになっているだろ？　大勢の若者が弟子入りを志願してくれるのはありがたいけどね。……中には、全く落語を聴いたことが無くて、テレビで俺たちをよく見ているから、『弟子にしてく

れ』って、言って来る奴がいる。いやぁ、昔からそんな奴は居たんだが、このところそんな奴らが増えてね。もともと、『芸の無い者は、真打になる資格が無い』と持論があった圓生師匠が、『芸の資質が無い者は、落語家に入門する資格が無い』って言いだした」

俺はウチの師匠の話を聞きながら、大師匠の厳しさを思い出した。例えば、ウチの師匠の弟弟子に、三遊亭さん生［＊6］さんという新作や漫談を得意とする二つ目さんがいる。二つ目になって十五年も経つのだが、ラテン音楽『ラ・マラゲーニャ』を高座で披露して人気が出て、テレビの仕事が増えたさん生さんを、師匠の圓生師匠は、真打にするつもりは全くなかった。古典落語至上主義の圓生師匠は、

「古典落語も出来ないのに、テレビの人気ばかりを考えている二つ目を真打にさせては、落語家の恥でゲス」

と、公言していたからだ。それにしても、（新作派のさん生さんは、どうして圓生師匠に弟子入りしたんだろう）と、ウチの師匠の話を聞きながら思っていた。

俺の思案顔をウチの師匠は読み違えて、俺の入門の見通しに話題を絞った。

「勿論、おまえは落語をよく聴いているし、あたしは長いこと見た上で、落語家になる資質を感じたから、……あたしが見込んだんだ。あたしの方から入門を誘

［＊6］三遊亭さん生　現在の川柳川柳。昭和30年六代目三遊亭圓生に入門、前座名さん生。33年同名にて二つ目に昇進、この頃に高座でソンブレロをかぶりギターを持ち「ラ・マラーゲーニャ」を唄い評判となりテレビの仕事が増えていった。昭和49年同名にて真打昇進。だが後の圓生の落語協会脱会に結果的には伴わず、名前を取り上げられ協会に残留することになる。同時に川柳川柳と改名した。

ったんだ。だから、お前は絶対に入門資格はあるから、心配しなくていい」

「……でも、大師匠が……」

「うん、一度言い出すと聞かない人だから、……ともかく暫く落語協会には、おまえが入門したことを黙っていようと思う」

「ええ、じゃあ……」

「〝隠れ弟子〟だ。おまえの兄弟子の楽松には話しておく。だけど、ウチの大師匠と他の師匠、落語協会には秘密にしておくから……。寄席とか、ウチの一門以外の噺家が出演する落語会には着物を着て来るな。今まで通り、スーツでいい。但し、今日からあたしが、内緒でみっちり前座修業させるから」

「よろしくお願いします」

と云うような訳で、俺は〝隠れ弟子〟で噺家人生をスタートさせた。

その頃は師匠も熱心で、よく教えてくれた。で、面白いのは、学生でありウチの師匠の隠れ弟子の、……まぁ何て云うか二重生活の頃だった。

ＴＢＳの番組で、大学対抗落語会があった。この時は、もう師匠のところに行っていたから、厳密には学生じゃないんだけど、青山学院大学の落研が出演する人がいないからって、俺が頼まれちゃった。で、気楽に「いいよ」ってね。で、行ってみたら、審査委員長がね、八代目の桂文楽師匠。それで、司会がはかま満緒［＊7］さん、審査員がね、小圓遊［＊8］師匠、歌丸師匠なの。（一応これ挨拶したほうが良いだろうな）って思ってね。控室に行ったら、その頃『笑点』にウチの師匠戻っていたから、俺の顔も皆に割れていてね、

「どうも、ご苦労様です」

って、挨拶したら歌丸師匠が、

「何？　今日、収録かなんか？　圓楽師匠、来てるの？」

「いや、今日の対抗戦、あたしが出るんですよ」

って、返事したら、小圓遊師匠が、

「ダメだよ、そんなの。そんなの認められないよ。そりゃダメだよ」

って、言ってたなぁ。まあ、出演して、一席語り終わったら、はかま満緒さんがいきなり、寸評を文楽師匠にふって、

「如何ですか？」

「（八代目文楽の口調で）ようがす！　無駄が無い」

無駄が無い筈ですよ。同じ噺でも、ウチの師匠から教わって、十五分、二十分、二十五分、三十分、それで、十五分すら持ち時間が無いときは十二分って、何パターンも切り方を教わっているからね。延ばし方と切り方。だから、持ち時間は「十二分で」と言うから、ぴったり十二分で演ったの。そうしたら、黒門町

［＊7］はかま満緒　放送作家。日本テレビの「シャボン玉ホリデー」など人気バラエティ番組の構成作家、及びコント作家だったが次第にタレントとしてテレビ・ラジオの出演が多くなった。NHK・FMの「日曜喫茶室」の司会を長く務めた。平成28年逝去。

［＊8］小圓遊　四代目三遊亭小圓遊。昭和30年四代目三遊亭圓遊に入門。昭和43年四代目三遊亭小圓遊を襲名。初期の「笑点」大喜利ではキザなキャラクターで活躍、また桂歌丸との罵倒合戦でも人気を博した。だがそのキャラクターと本来の古典落語とのギャップに苦しみ、酒量が増え、結果昭和55年43歳の若さで逝去。

［＊9］が誉めちゃったから、歌丸師匠と小圓遊師匠も誉めざるを得ない。

「こんな人が、楽屋にいたような気がします」

ってなことを言ってた。で、文楽師匠のお付きのお弟子さんで、俺より少し上の前座さんが、

「おまえ、何やってんだよ？」

「えへ、内緒でひとつ」

って、口止めしたんだけどね、その翌週に『笑点』の録画があって、楽屋で、

「（五代目）圓楽さん、こいつ。学生に交じってラジオに出てたよ」

「ああ、そうかい？　何演ったんだ？」

「師匠に教わった『たらちね』［＊10］を」

「で、どうした？」

「優勝しました」

「……うん、ならいいよ。ガッハッハッ。素人の大会で、プロが負けちゃあいけねぇなぁ」

圓楽一門は大らかでしたね。俺が二重生活を送っているとき、青山学院大学の落語研究会の卒業公演に「人が足りないから出演してくれ」って言われた。それで、教わってもいない『淀五郎』［＊11］を演目発表しちゃった。その刷り上がっ

［＊9］黒門町　八代目桂文楽の別称。歌舞伎の場合は屋号であるが、落語家はその住まいのある町名で客席から声が掛かることがある。当時の文楽は下谷区黒門町に住んでいたのでこう呼ばれた。現在の台東区上野1丁目から3丁目あたり。

［＊10］落語の演目『たらちね』　貧乏長屋のガサツな男・八五郎に育ちの良い娘が嫁ぐことになった。ところがこの娘さん、言葉が丁寧過ぎて何を言っているのか八五郎にはまるでわからないという噺。

たプログラムを師匠の家の机の上に置いて、掃除をしていた。そしたら、師匠が起きて来たのに気がつかなくてね、「おーい」って呼ぶから、「どうもお早うございます」って、言った。師匠が、プログラムをジッと見ながら、

「何、演《や》んだよ？」

「はっ？」

（プログラムを見ているなぁ）と、思ったんですけど、師匠の追及は止まないんです。

「おめえの学生の会、何演んだ？」

（知ってんだろ？ 見てんだから）って思ったんですけど、観念してね。

「『淀五郎』です」

「へ〜え、誰ので憶えたんだよ？」

「師匠ので、憶えました」

「あたしね、これねえ、二つ目で演ったときにね。圓生師匠からね、『お前にはもう教えるものは、何にもない』

って、言われた。だから、いいかい？ 一回、噺を忘れるんだぞ」

って、ありがたい教えをもらったこともあった。隠れ弟子の時は、いろんな面白いことを思い出すね。


［＊11］落語の演目『淀五郎』 歌舞伎役者の沢村淀五郎は下っ端だったが、座頭（ざがしら）・市川団蔵からの抜擢で「忠臣蔵」塩冶判官の役を仰せつかる。ところが判官切腹の場、そばまで来るはずの由良之助役・団蔵が来ないのだ。苛められていると悩み苦しんだ淀五郎は中村仲蔵に教えを乞いに行く。落語の演目の中でも大ネタとされる噺で、前座の身分で演じる演目ではない。

俺たち、〝隠れ弟子〟が顔を合わせることになったのは、昭和四十七年、つまり今年の三月に、大師匠の三遊亭圓生師匠が落語協会会長を辞めて、最高顧問となり、会長には五代目柳家小さん［＊12］師匠が就任した為だった。小さん師匠曰く、

「最近見慣れない顔の若ぇ奴《わけ》が、ちょろちょろしてるみてぇだから、一遍《いっぺん》集めて、ちゃんと見ようじゃねぇか？」

と言うことで、〝隠れ弟子〟が集められて、正式に落語協会に履歴書を提出することになった。勿論、小さん師匠の弟子の談志師匠あたりが、小さん師匠に、

「前会長の圓生師匠の時代の終わりの何年かは、『弟子をとっちゃいけねぇ』って言っていましたけどね、もう、圓生師匠は会長を辞めたんだ。『生類憐みの令』じゃないけどね、今の会長は小さん師匠なんだから、前会長の悪法はやめて、隠れている連中を救済しましょうよ」

って、焚き付けたのかも知れない。勿論、談志師匠本人も、立川孔志を弟子にとっていたことを、協会と圓生師匠に黙っていたから、何とかこの問題を解決したかったのだと思う。

こうして、その三月に俺たちは、小さん師匠の御自宅にある剣道場に、履歴書

［＊12］五代目柳家小さん　昭和の落語界を背負っていた名人の一人。滑稽噺を得意とし、平成7年落語界からは初の人間国宝に認定された。昭和8年四代目柳家小さんに入門。22年真打昇進し九代目柳家小三治を襲名、昭和25年五代目柳家小さんを襲名。昭和47年落語協会会長に就任し長らく務めた。立川談志、十代目柳家小三治（現在の人間国宝）、柳亭市馬（現在の落語協会会長）などを始めとして多くの弟子を育てた。平成14年逝去。

と名札を付けて集められた。こうして、俺の落語家人生は正式にスタートすることになった。同時に大学も卒業していた俺は、毎日毎日見習いとして、あちこちの寄席で働くことになる。

こうして、俺が寄席で働き始めて初めて迎える夏、池袋演芸場の帰りに、気の合う同期二人と、プールに遊びに来ていた話に戻る。

「『四天王の弟子の会』って落語会を開かないか？」

って、言いだした俺の顔を、小朝と孔志は驚いた顔で見ていた。小朝は子供だから好奇心に負けて「演りたい」と思っていた筈だ。孔志は最年長だけあって、軽く咳払いをすると、俺に向かって話し始めた。

「楽ちゃん、問題がたくさんある。一つ目は、未だ見習いとか正式な前座の身分ではない俺たちが出演する落語会を開いていいのか？　各々の師匠の許可がいる」

「……うん、ウチの師匠（五代目圓楽）は、持って行き方さえ間違えなければ、許してくれると思う。事前に（高座に）かけるネタを伝えておけば許可してくれるし、上手くいけば稽古もつけてくれると思う。……小朝のところは？」

「ボクも、師匠・柳朝に愛されているから大丈夫です。ボクがちょこちょこ何やってても気にならないでしょ？　……一番の問題は談志師匠じゃないですか？」

「ははは、当選二年目の国会議員の先生なら、忙しすぎて弟子の監督まで目が届かない、大丈夫。万一、ウチの師匠の耳に入ったとしても、

『俺様の弟子が勉強してるのに、何が悪いんだ』

　って、言ってくれる。

　で、楽ちゃん、席亭へ話をつけるのはどうするんだ？　……楽ちゃんから、話をつけてくれないか？」

「ええ、何で俺が？」

「だって、楽ちゃんはあちこちの重鎮に好かれているじゃないか？　大体、楽ちゃんの名前、『楽太郎』ってのは、前会長で現・最高顧問の圓生師匠が名付け親なんだろう？　名前を付けるほど可愛い孫弟子が勉強する機会を、あの芸に厳しい名人が反対するとは思えない」

「大丈夫、楽太郎さんなら、出来ますよ」

　小朝が続けて言った。確かに、俺の名前は、ウチの師匠ではなく大師匠の圓生師匠から頂戴したものだった。それも、名前を付けてもらったのは、つい半年ほど前、新会長の小さん師匠の道場に集められた直前で、最近のことだった。それまでの〝隠れ弟子〟の間、俺には名前が無かった。それをウチの師匠が宣言した

のも、あの日の『笑点』の楽屋だった。

「〝隠れ弟子〟だ。皆には秘密にしておくから……、但し、今日からあたしが、内緒でみっちり前座修業させるから」

「よろしくお願いします」

『笑点』の楽屋で、俺の圓楽師匠への入門は叶ったけど、落語協会にはその存在を内緒にすることが決まった。続けて、ウチの師匠が、

「それで、名前のことなんだけど……」

と、言いかけた瞬間、本番用の黄色い着物に着替えた木久蔵さんが、ウチの師匠に話しかけてきた。八代目林家正蔵のお弟子さんで、当時は三十五歳の二つ目さん。『笑点』には三年前から出演して、番組では鞍馬天狗の物まねで大人気だった。テレビカメラの前では与太郎［＊13］キャラだったが、本当の姿は商才に溢れた知的な人柄だ。

「圓楽師匠、ちょっとご相談が」

「何だい？　木久《きく》ちゃん。今、ちょっと忙しいんだ。名前のことで……」

「そうそう、名前のことなんですよ」

ウチの師匠は「おやぁ」って顔をして、思わず木久蔵さんに顔を向けた。

［＊13］与太郎　落語に登場するちょっと間の抜けた男の名前。おおむね二十歳前後の年恰好でバカな失敗を繰り返すが、純粋な部分もあり愛すべきキャラクターである。

「名前、何の名前だい？」

「いやぁ～ね、知り合いが犬を飼いはじめたんだけどねぇ、その犬の名前を付けて欲しいって言うんですよね。で、オスなんだけど、アメリカの映画俳優の名前から付けて欲しいっていうから、スティーブとかロバートとか……僕は詳しくないでしょ？　チャンバラ映画だったら幾らでも観てるけどね。で、向こうの映画をたくさん観てらっしゃる圓楽師匠にお知恵を頂きたいと……」

「なんだい、犬の名前かい？　後で見繕っておくから、今はこっちの話をさせておくれ」

「はぁ～い、よろしくお願いします」

木久蔵さんは軽い足取りで離れて行った。五年前にご自分の結婚式と、結婚式の司会のバイトをダブル・ブッキングしてしまって、来賓を激怒させた話が有名な噺家だった。もっと凄いのは、その実話を高座で披露して一席の新作落語にしてしまうところだ。ウチの師匠が何か思いついたように、木久蔵さんの背中に声をかけた。

「おーい、木久ちゃん！　その犬はナニ犬《けん》だい？　スピッツかい？」

振り返った木久蔵さんが、

「いーえ、秋田犬」

「何だよ、洋犬じゃないのかよ。何でアメリカ映画の俳優の名前なんだ？」

ウチの師匠は苦笑を嚙みしめて、俺に向かって真顔を作った。

「……それはさておき、おまえの芸名だけどな。あたしとしては、本来であればウチの師匠（圓生）に相談したいと思っている。だけど、今の時点での入門は内緒にすることにしたから、師匠と弟子との関係では、おまえにはまだ名前が無い。仕事の人前では、今までの鞄持ちとして本名で呼ぶ。二人だけで師匠と弟子の関係の時は、『おい』とか『おまえ』で呼ぶから」

「はい」

それから、俺は大師匠の圓生師匠が落語協会の会長を辞めるまで、名前がない弟子ということになった。

〝隠れ弟子〟が新会長の小さん師匠のもとに集められ、履歴書を落語協会に提出する直前、俺はウチの師匠に連れられて、圓生師匠の御自宅に挨拶に伺った。昨年まで圓生師匠は新宿のマンションに住んでいたので、熱心な御贔屓さんからは、『柏木の師匠』と呼ばれ、高座に上がるときの掛け声［＊14］も、『柏木』と声をかけられていた。だが、今は中野坂上に引っ越していた。

ウチの師匠が、俺を弟子として紹介してくれた。

［＊14］掛け声　客席からの掛け声は歌舞伎だけでなく落語でも、その住まいの町名で呼ばれることが多かったのは前述の通り。六代目三遊亭圓生は「柏木」と声が掛かった。現在の西新宿あたりである。

「……師匠、あの、私の鞄持ちの会君なんですが、……実はもう弟子にしていたんですよ」

するとと、圓生師匠が目を細めて、穏やかな声で言った。

「フフフ、そんなことは、とっくに分かっていましたよ。じゃあ、芸名を付けなきゃいけない」

ウチの師匠が、自分のアイデアを披露した。

「こいつは、道楽で鞄持ちをやっていましたからね。『道楽』でいいんじゃないですか？」

(ウチの師匠はいい加減だな)と思ったね。ともかく、その名前は大師匠が却下してくれた。師匠が「名付けをしてくださいますね」と、圓生師匠に頼んでくれて、暫く色んな名前が俺の頭上を飛び交った。

「……じゃあ、『楽々』ってのは、どうでゲス？」

「『柳亭楽々』と云う痴楽師匠のところで漫談を演っている方がいらっしゃいます」

「ほぅ、さいでござんすか。じゃあ『楽がん』」

「……あのう、蝶花楼馬楽師匠のところに『楽がん』ってのがおります」

途端に圓生師匠の表情が険しくなり、

「蝶花楼が弟子を……、かぁー、けしからん」

これには笑った。圓生師匠から見れば、六代目蝶花楼馬楽師匠は「弟子をとるのがけしからんほどの下手な噺家」だったのだ。凄い発言だけど、そのくらい自信家だから、「芸の無いものは弟子をとっちゃいけない」、「だからこそ、芸の無いものは真打になっちゃいけない」という凄い信念が根底にあった。だから、後年の「落語協会分裂騒動」につながる訳だけど、それはまた後の話。それで、圓生師匠が最後に、

「じゃあ、『楽太郎』で」

って、名付けてくれたけど、俺はハッキリ言う質《タチ》だから、

「あの、大師匠、『太郎』が付くのは総領名前です。ウチには『楽松』兄《あに》さんが居ますが」

すると、大師匠は、

「あの『楽松』の松は、あたしの本名の『山﨑松尾』の松をとってる。一文字あげた。そりゃぁ、それでいい。おまえはどう見たって、身体付きから見ても、顔付きから見ても、『太郎』って名前だ。『楽太郎』で、ようがしょう」

それで、『楽太郎』って名前に決まった。六代目圓生師匠に付けてもらったので、勿論俺には愛着もあったし、昭和の大名人に可愛がられた歴史を誇らしいと

思っていた。

話は、それから半年後のプールサイドに戻る。孔志の相談は続いていた。

「え～と、場所の問題はどこの寄席でやるか？　だよね。……じゃあ、楽ちゃん、どこかの寄席の空いてる時間をタダで借りて来て」

「なんで、俺なんだよ」

「大丈夫、楽ちゃんなら、出来るよ」

今度は、小朝が話し始めた。

「最後の問題だけど、宣伝はどうする？」

「一体問題は幾つあるんだよ？　俺がやることが多いだろ？　……宣伝は、ガリ版でチラシを作って、寄席に置いてもらうのは、どうかな？」

俺のいけないところだ。ぴしっと断る前にアイデアが湧いてしまう。

「流石、楽ちゃん。じゃあ、チラシ作りはお願いするね」

「だから、どうして何でもかんでも俺なの？」

「だって、ボクはガリ版出来ないし、孔志さんも出来ないよね」

「出来ねえよ。誰か知り合いにガリ版に詳しい人居るか？」

（そう言えば、叔母さんがガリ版切りの仕事をしていた）って、思い出したときに、顔に出たようだ。目ざとく、小朝が気づいた。

「楽ちゃん、知り合いにいるよね！」

「……う、うん、叔母さんがね」

「じゃあ、やっぱり楽ちゃんにチラシを頼も！」

「分かったよ」

「大丈夫、楽ちゃんなら、出来るよ」

孔志のこの言葉は、ずぅーっと長い年月、俺に付きまとうことになる。

この日から、俺は『四天王・弟子の会』に向けて、寄席がはねてから、シャカリキに働くことになる。もう一人の四天王の古今亭志ん朝師匠の弟子は、古今亭志ん吉［＊15］さんに入ってもらった。言い出した三人は皆、内弟子ではなかったので、夜席が終わってから各師匠の家に帰らなくていい。だったら、寄席が終わってから、

「池袋の夜席のあと、交渉してさ、借りてみない？」

と云う話になった。寄席が九時にはねて、九時半から十一時まで、まだ終電前だから、（ひょっとしたら、お客さん十人でも入ればいいじゃん）と云う思いがあった。それで、池袋演芸場の席亭に交渉したら、

「ちゃんと掃除して戸締まりして帰るならいい。全部自分たちでやれ」

［＊15］古今亭志ん吉　現在の古今亭八朝の前座時代の名前、昭和45年三代目古今亭志ん朝に入門し志ん吉、50年同名にて二つ目、古今亭八朝と改名し、昭和59年真打昇進。

って、言われて、『四天王・弟子の会』ってのが池袋演芸場ではじまった。それが後にね、今も各寄席で行われている深夜寄席と云う勉強会になった。で、俺と小朝と孔志は、長く落語会を一緒に開いたんだけど、志ん吉さんが途中で辞めちゃった。で、会のタイトルを『四季の会』に変えた。季節ごとの会にしようってね。

宣伝は約束通り、俺がガリ切りをしてガリ版印刷でチラシを作った。勿論、孔志も小朝も手伝ってくれたけど、

「大丈夫だよ、楽ちゃんなら出来るよ」

って、それがこの頃の合言葉だった。まあ、頼りにされていたんだろう。おかげで、『第一回四天王・弟子の会』は、深夜の酔っぱらいや若い人が十人から二十人も入り、〝つ離れ〟［＊16］した。

池袋の落語会も段々お客様が増えたので、

「終演後の夜が出来るんだから、開演前も出来るだろ?」

って、考えた。で、季節は夏。鈴本［＊17］に、昼席の前午前十時から午前十一時半まで頼んでみた、「貸してくれ」って。で、これがのちにサマー寄席とか、早朝寄席になる。だから、大事なことだから重ねて言うけどね、今寄席が開催している二つ目や前座の為の勉強会、早朝寄席、深夜寄席は、当時の孔志と小朝と

［＊16］つ離れ　落語界の業界用語、符丁。数を数える際、十以下の場合はひとつふたつ、みっつ……とすべてに〝つ〟の文字が付くが、十以上になると〝つ〟が付かなくなることから十以上の数を〝つ離れ〟と呼ぶようになった。

俺とで作った。しかも、厳密には前座以前の見習いの身分で、満席に近い形にしていたから、俺たちは相当自信がついた。生意気になったとも言える。

それで、前座になってしばらくたってから、「どっかねぇかなぁ」って、話になってね。成功しちゃったし、生意気になったから、珍しい場所で開催したくなったんだろうね。で、

「目黒、閉まっているよね？」

しばらく前に、目黒の権之助坂にあった『目黒名人会』［＊18］という寄席が経営不振で、廃業予定で閉鎖されていたのだ。と言っても、すぐに他の商業施設になることもなく、そのまま放置されていた状態だった。

「目黒の席亭に、訊いてみようか？」

訊いてみると、駅ビルで他のお店も経営していて、変に余裕がある経営者だった。

「掃除すればいいわよ」

って、言われて、で、皆で掃除して、障子を張り替えて、全部きれいにして、『四季の会』と云う三人会を開催する段取りが出来た。ところが、大事件が起こることになった。

［＊17］鈴本　上野鈴本演芸場。都内にある4軒の定席のうち、この寄席だけは落語協会所属の芸人だけで番組を組んでいる。

［＊18］目黒名人会　昭和40年代初期に開業、目黒権之助坂にあった寄席。昭和46年に立川談志が一時経営を引き継いだがうまくゆかず数年で閉じた。跡地は現在のロックのライブハウス〝鹿鳴館〟である。

我々の中では、『パリ事件』って呼んでいる。

目黒名人会を掃除して、もうすぐ三人会を開こうとするときに、あいつら……、小朝と孔志が、パリに行っちゃった。前座がパリですよ。前座のくせにパリに行っちゃった。その直前に、新宿末廣亭［＊19］の楽屋の窓を開けて、柳朝師匠がそこから顔を出して、楽屋の小朝に声をかけた。

「おい、小朝、おまえ、孔志と来週パリに行くんだろ？」

（何、言ってんだろう？　この師弟は？）

って、俺は軽いパニック状態だった。

「おい、楽太郎、ウチの小朝はパリに行くんだよ。何だか知らないけど、孔志と二人でパリに行くんだ」

末廣亭がはねてから、俺は小朝を問い詰めた。

「来週って、目黒名人会で『四季の会』を演る予定じゃないか？」

「大丈夫だよ、楽ちゃん。前日の朝に戻って来るから。何なら楽ちゃんもいっしょに行く？　お一人様で〇十万円かかりますけど……」

「行くものか。ちゃんと間に合うように帰って来いよ」

俺は、その頃から友達がいなかったのかなぁ。ともかく最初から誘われていないから、黙っていたら小朝と孔志はパリに行っちゃった。何しに行ったか知らな

［＊19］新宿末廣亭　通例〝寄席〟と呼ぶ東京に4軒ある落語定席のうちのひとつ。新宿三丁目の駅近くにある。明治30年創業。4軒のうち唯一の木造建築で風情のある構えが目を引く。明治の浪曲師〝末広亭清風〟が持ち主だったことからこの名がつけられた。

いけど、遊びだと思う。前座や二つ目の海外公演なんか考えられないしね。

で、『四季の会』の当日の朝に、国際電話がかかって来た。帰りの飛行機がエンジン不良かなんかで、ロンドンに着陸した。で、今一所懸命やっているけど、とても三人会には間に合わない。だから、「ひとりで演ってくれ」って言われたんだ。国際電話の料金が高いので、おそろしく早口の孔志がまくしたてていた。

「だから、ひとりで演ってくれ！」

「どういうこと？」

「だから、今日は、独演会でお願いします」

「はぁ？」

で、しょうがないから、一人で目黒に行って準備して、貼り紙を出した。

「小朝、孔志、パリにて飛行機エンジン故障の為、ロンドンに緊急着陸いたしました。本日の会に間に合いません。楽太郎が四席あい務めます」

で、小朝の母親も、孔志の親父も、みんな来ていたんだ、目黒名人会に。親だから、倅の晴れ舞台を見ようとしてね。それが、「えっ？」って、パリ旅行のことを知らないの。それで、あいつらロンドンからまた国際電話をかけてきて、

「大丈夫だよ、楽ちゃんなんだから、四席は演れるよ」

言う方は楽だけど、前座の身分で四席は大変だった。もう自分でも笑っちゃっ

たんだけど、確かかね、『芝浜』かけちゃった。前座のくせに、最後に『芝浜』演ったんだよ。凄かったなぁ。あと三本は憶えてない。最後は『芝浜』を演っちゃった、うろ覚えのね。習ってもないし、しょうがないよ、四席演らなきゃいけないんだから。当時は凄いことをやってたなぁ。

で、小朝はパリまで行って、帰路にエンジン・トラブルでロンドンに緊急着陸した経験が、よほど恐ろしかったのか、段々飛行機に乗れなくなった。今じゃ地べたに這い蹲って、日本中を歩くように移動している。

そんな会を開催しながら、二つ目のお祝いの会をあちこちで開いてもらった。『にっかん飛切落語会』でやってもらったし、自分たちで自主公演として紀伊國屋ホールで開催した。二つ目で口上をやったのは、俺たちが最初だった。それから、しばらくあちこちで『二つ目・披露の会』って云って、孔志、小朝、俺の三人でまわった記憶がある。ともかく勉強会を見習いからやって来たのは、俺らが最初だった。

前座時代の最後のほうは『錦の袈裟』あたりを教わって、二つ目になる準備をしていた。で、みんなお互いに次の『四季の会』は、「何を演るんだろう?」みたいな競争心があった。

その頃の酷《ひで》ぇ思い出は、紀伊國屋の『二つ目・披露の会』で演った『野晒し』

［＊20］。師匠から教わった『野晒し』を演ったらしくじって、我が生涯の最初で最後の『野晒し』になっちゃった。……それ以来演らなくなった理由《トラウマ》はね、

「上手くはないが手向《たむ》けの句、……」

その後が出て来なくなっちゃったんだよ。句が思い出せなくなっちゃった。

「瀬をはやみ……、ではない。……ちはやふる、でもない」

そうしたら、孔志と小朝や手伝いの前座まで、袖にゾロゾロって出て来て、面白がって観てやがる。こっそり教えてくれるが、いいじゃないですか、ねえ？　仲間は悪いね、教えないんですよ。それで、

「拙者もあちらこちらで歌を詠んでいるが……」

って、誤魔化していると、客が悪《わる》受け［＊21］はじめた訳ですよ。（この野郎、忘れやがったな）って、気がつかれちゃった。

「あのときは、何て詠んだかな？」

って、お囃子の方を見たら、皆で笑っている。

「……あのときは、何だ、……野を肥やす骨に形見のすすきかな」

って、思い出したんだよ。途端に、袖にいた連中がゾロゾロって楽屋に帰っていった。（つまんねえなぁ、思い出しやがった）ってね。ひどい奴ら。それから、演らなくなっちゃった。

［＊20］落語の演目『野晒し』長屋の八五郎は隣家の老人に美しい娘が訪れたのを目撃する。翌朝その顚末を訊いてみるとあれは大川でさらされていた人骨に供養をしてあげたらお礼に来た幽霊だと言う。あんないい女なら幽霊でもかまわないと八五郎は釣りに出かけ、一人で騒ぎ始めるのだ。この場面では老人が供養の為、唱えた短歌が出てこなかった。

［＊21］悪受け　落語本来のギャグ、これを〝くすぐり〟というが、その場面で笑わずに芸人の失敗や弱っているところに笑いが起きる状態。

『四天王・弟子の会』をはじめたことで、孔志と小朝とは本当に仲良くなった。

若い人は、今の容姿からは想像出来ないかも知れないけど、見習い時代の小朝は、アラレちゃん帽みたいのを被っちゃってね、坊やだったね。金持ちのお坊ちゃんで、我儘だった。小朝は「立前座」でも、よく寄席を休んだな。無断欠席の理由が、「誕生日だったから」とかね。

その話が小さん師匠の耳に入ったのか、小さん師匠が前座全部集めて小言を言うことになった。楽屋に集められてね。俺は、小さん師匠の正面に座っちゃった。小朝は、ちゃっかり小さん師匠の横後ろにいるんだ。それで、説教がはじまった。

「おまえら、前座って云うのはな、ちゃんと来なきゃダメなんだ。かってに寄席を抜く奴がいるけれど、ただじゃおかねぇぞ。『師匠の用事、師匠の用事』って言うけどなぁ。師匠に言いつけるからな、この野郎。嘘つくとなぁ!」

俺は正面で小言を受けているから、うなずいて神妙な顔つきでいた。一方小朝を見ていると、ちょこちょこちょこちょこして落ち着きがない。小さん師匠も、剣道の名人だから、首を回さなくても気配で分かった。最後に、

「だからな、（顔を小朝に向けて）おめぇのせいで、集まってんだぁ!」

で、全員が、

「おまえだ！」

って、言った。練習したみたいにピタリと声が揃ってたね。小朝は前座の頃からマイペースで、今もあのままだと思う。

孔志はね、二つ目で名前を朝寝坊のらく、のちの真打昇進で立川ぜん馬と改名した。俺の兄貴と同い年だからね、逆に言うと極《ごく》腹を割って話が出来た。

小朝もぜん馬も、よく西新井のウチに泊まっていた。その二人の修業は、当時の徒弟関係には珍しく、基本的に師匠の家に行かなくていいものだった。俺の修業は、毎日師匠の家に顔を出すものだった。ぜん馬は、談志師匠の家に行かなくていい。小朝の師匠の柳朝師匠も「来なくていい」と言う。だから、二人とも俺の家に居て、ゴロゴロしてて、昼過ぎまで寝ててね。ぜん馬なんか、俺の毛布被って駅の売店まで煙草を買いに行ったりしていた。「ヘンなのが住んでいる」って、今のご時世なら大変だったろう。小朝は、俺が作り置きしておいたカレーを全部食っちゃうしね。そのくらい仲が良かった。この二人とは、今でも凄く仲がいい。

そして、俺たちが二つ目になって僅か二年後に、「落語協会分裂騒動」という大事件が起こった。

第五章　「おまえは、いつ真打になるんだ？」

落語協会での俺の二つ目時代は、僅か二年間だった。しかし、大先輩の師匠たちに可愛がられた日々は、密度の高い黄金の年月だった。

同期の噺家に恵まれたと思うし、大先輩や重鎮たちに恵まれた若手時代だった。特に十代目金原亭馬生［＊1］師匠には、本当に可愛がってもらえた。落語協会の幹部には、直弟子よりも可愛がられたかも知れない。

貧乏な下町育ちで、ずぅーっとバイトで目上の人のオーダーに丁寧に対応していたから、先輩に気に入られる処世術みたいなものは、直ぐに思いついた。強《したた》かじゃないと生き残れない貧乏暮らしの延長線上に、寄席での生活があった。

お茶一つ出すのでも、俺が鈴本に入ると、「お茶っ葉が減る」って、よく言われたぐらい下座［＊2］さんたちにもお茶を振る舞った。逆に、下座さんたちから、もらい物のお菓子を、「これ、お食べ」って、言われても、「いや、今、仕事

［＊1］十代目金原亭馬生　昭和17年父である五代目古今亭志ん生に入門、戦時中で落語家が少なく、いきなり二つ目となり四代目むかし家今松を襲名。昭和23年真打昇進、古今亭志ん橋を名乗るが、翌24年十代目金原亭馬生を襲名した。破天荒な父の志ん生とは違う端正な芸風で落語ファンに人気が高かった。昭和57年逝去。

［＊2］下座　芝居や寄席などでお囃子を演奏する囃子方全体を指す言葉だが、寄席では主に三味線を弾くお囃子さんを呼ぶ。

中ですから」って、断ると、「口がキレイで、手がキレイ」って評判になる。それで、そのお囃子さんが、「あの子は本当にねえ、お囃子にも良くしてくれる」って、幹部の噺家に言ってくれた。

師匠たちのお茶の好みを書いたノートを作った。（初代）三平［＊3］師匠は、温めのお茶。忙しいから熱過ぎるのはダメ。で、林家（八代正蔵）は、水しか飲まないから、水。出囃子の楽譜みたいなノートと、そういう楽屋での注意点のノートを作った。あの学生時分のノートの逸話と同じだね。これは、売りはしなかったけどね、後輩の為には役に立ったはずだ。

でね、名人と呼ばれる師匠たちは、皆、癖が強かったし、人間として面白かった。

当時、映画の出演で滅茶苦茶売れていた春風亭柳朝師匠は、自分が如何に稼いでいるかを見せつけないとすまない性分だった。

「楽、あそこ行った？　あそこ」

って、俺の目の前に、腕を振り上げて指を指すような仕草をする。時計をはめているほうの腕を、俺の眼の前に時計を見せるためね。

「あそこだ、ほら」

「あっ、凄い時計ですね」

［＊3］三平　初代林家三平、昭和21年父である七代目林家正蔵に入門、父の前座名でもある柳家三平から三平をもらう。26年同名にて二つ目昇進、30年テレビ出演をきっかけに一躍人気者となり、二つ目のまま寄席でトリをとったという。昭和33年真打昇進、以来病に倒れる54年まで「どうもすいません」のフレーズで有名な昭和の爆笑王として人気者であり続けた。昭和55年逝去。

ら、

「気がついたか」

って、ニヤリとする、それで、また時計を誉めなきゃいけない。あるとき俺か
「今度テレビの仕事で香港行くんですよ」

「何て云うホテルだ？」

「〇〇ホテル」

「ああ、あそこの二階になぁ、シナ服作る店があってな、早縫で、三時間ぐらいで作ってくれる。シャツ作ってな。それを着て街へ行くんだよ。そうするとモテるぞー」

で、行ったら、二階も無ければ商店街も無い。面白い嘘つきなんです。

他にも伝説的な師匠方に可愛がられたのは、本当に素晴らしい財産になった。前座の時に、金原亭馬生師匠が酔っぱらって、いろんなことを話してくれた。

「はい、そうですか、ああ、なるほど、へえー」

落語で云う『蜘蛛駕籠』［＊4］の「あら、熊さん」と同じ。話が、ぐるぐる回って元に戻る。で、五回同じ話をする。で、勉強だと思って五回とも返事を変えた。そうしたら、朝様《ちょう》（古今亭志ん朝）が、その様子を見ていたんですね。馬生師匠がお帰りになったあとで、「お疲れ様でした」って、古今亭志ん朝師匠を楽

［＊4］落語の演目『蜘蛛駕籠』鈴ヶ森の茶店の前で客待ちしている駕籠屋がいろいろな客とやり取りをする噺。中に酔っ払いが同じ話を何度も繰り返す場面があり、その状態が似ていたというエピソード。

屋口まで送ったら、

「楽太、ウチの兄貴もしつこいだろう?」

ニッコリ笑って言う。

「いえ、大好きですから、嬉しかったです」

「……そらさないね、お前は。うなずいたら、馬生《あにき》に言いつけてやろうと思った」

(危ねえ、危ねえ)と思ったね。

「ええ、もう、洒落になりませんよ」

危ない、洒落だろうけど、楽屋は危ない。危ないけど面白かった。素直にね、楽しかった。カマをかけて来る志ん朝師も可笑しかったな。

俺が若いときは、そういう現場に出くわすことも多かった。今となっては、俺が体験した師匠方の失敗談みたいなエピソードは、俺の人生の宝物だと思っている。

前座の時に小さん師匠が楽屋で、

「あのなぁ、この頃なぁ、サゲのあとに『お馴染みのナニナニでございます』なんて余計なことを言う奴が居るがな。そんなことを言っちゃダメなんだ。噺ってのはサゲだ。一にサゲ、ポーンと終わらなきゃ」


［＊5］落語の演目『長短』とても気の長いゆっくりとしゃべる男と極端に気の短い男、この二人が会話をするとどうなるかという噺。気の長い男が短い男をたずねてゆくが饅頭の食い方や煙草の吸い方でいちいち形が違う。サゲはおおむね「ほうれ見ろそんなに怒るじゃねえか」というセリフだが、これを噛んだのか。

って、言って、『長短』［＊5］に入ってね。……サゲ、噛んじゃって、

「お馴染みの『気の提灯（長短）』でぃす」

で、降りて来て、

「だから、余計なことを言っちゃダメなんだ」

最高ですよ。てめえじゃねぇか？

志ん朝師匠が『花見の仇討』［＊6］を演ってたときもね。トントーンといって、（良いなぁ、名調子）って思っていたの。（金原亭［＊7］のも良いけど、やっぱ朝様のも良いなぁ）って、聴いていた。

「勝負は五分と見た」

「何、漢文《かんぶん》（肝心）の六時《ろくじ》（六部）が来ない」

（はぁ？）

客も、……ポカンとしてね、降りて来て、

「ウン（咳払い）、何だよ？」

「サゲが『漢文の六時』じゃ、学校の授業ですよ」

「上手いね、お前は」

いやあ、志ん朝師匠ってね、そういうところがあるんですよ。名古屋で落語会があって、行きの新幹線の中でね、

［＊6］落語の演目『花見の仇討』　花見の季節に江戸っ子たちが何とか目立とうと仇討の真似事をやることにした。しかし素人同士でなかなかうまく運ばない上、仲裁役である〝六部〟が来ないのだ。そしてこのサゲのセリフ「肝心の六部が来ない」になる。

［＊7］金原亭　十代目金原亭馬生を指す。この時代に〝金原亭〟と亭号だけで呼ぶ場合は必ずこの十代目金原亭馬生のことであった。

「楽太ね、あの、今日演る『粗忽の使者』［＊8］なんだけどな。ある客に言われたんだよ。『屋敷を出るおり、聞かずに参った』ってのは、『長げぇ』って。だから、

『して、使者の口上は？』

『聞かずに参った』

ってのは、良いだろ？　おまえの大師匠の圓生師匠の、ほら、『庖丁』［＊9］でも、サゲ前を工夫したって芸談があるだろう？」

「はい」

「俺もそれ聞いて、そう思ったんだよ。『屋敷を出るおり』って、当たり前《めぇ》じゃないかなぁ？　『聞かずに参った』って、ポーンとぶつければいいんだよ」

「ああ、そうですね」

って、話を合わせてね。いざ本番になって、あたしが二つ目の時かな、出番を終わって、袖で聴いていた。トントントンって、（良いなぁ）っと、思ってね。

「して、使者のご口上は？」

「忘れて参った」

うわぁ！　やった!!　袖でひっくり返ったね。で、眼の前を通って、高座から降りて来る志ん朝師匠。俺は、座ったまま斜めにこうやって見て、鼻で「プッ」

［＊8］落語の演目『粗忽の使者』物事を忘れっぽく、しかも粗忽で有名な武士が使者の役を仰せつかる。ところが使者の口上を忘れ、思い出すのにドタバタしてしまうという噺。

［＊9］落語の演目『包丁』寅というモテない男が昔の悪仲間・久次から自分の女房を口説いてくれと頼まれた。理由はその現場に乗り込んで手切れ金をゆすりとるとのこと。段取りを聞いた寅は久次の家へ行き始めてみると、結果は思わぬ方向に転がってゆく。六代目三遊亭圓生が得意にしていた噺。

って笑ったら、

「あっ！　笑うなよ！　笑うなよ、楽太。だから、こんなもんでも稽古しなけりゃダメだよ。いきなり演っちゃダメだよ。……かあちゃん、帰ろう」


そんな修業期間の二つ目時代、弱冠二十七歳の俺に、凄い転機がやって来た。自ら望んだことでなく、巡り巡った運命のようなもので、『笑点』のレギュラー回答者の席が回って来たのだ。

ことの起こりは、大師匠の圓生師匠の小言だった。前にも書いたけど、古典落語至上主義の大師匠は、テレビの人気を気にする落語家を徹底して嫌ったし、馬鹿にしていた。一方ウチの師匠は、談志師匠が降板した『笑点』に復帰してから、テレビでの人気がうなぎのぼりで急上昇していた。圓生師匠は、それが面白くない。遂に、圓生師匠がインタビューに答えて、

「圓楽は、あんなものに出て、ロクなもんじゃありませんよ」

その新聞を読んだウチの師匠は、

「冗談じゃねえ！　辞めてやる！」

って、事務所の社長に啖呵をきって、『笑点』の出演を無断で休んだ。その日が、俺にとっては『笑点』のレギュラー回答者に起用されるきっかけとなる運命

の日となった。

昭和五十二年の三月、ニュースは連日、昨年から引き続きロッキード事件を報道していた。『笑点』の収録会場のある後楽園の敷地の中に据え付けられたスピーカーからは、ピンク・レディーの『カルメン'77』が流れていた。その頃の俺は、『笑点』の番組アシタントだった。二つ目だったので、ウチの師匠とは別行動で、『笑点』の収録の為に後楽園ホールに入ったんだ。控室に入った瞬間、ＡＤの若い子から、

「楽太郎さん、外線一番に星企画の藤野さんから、お電話が入ってます」

「はい、ありがとうございます」

（どうしたんだろう？　ウチの師匠が何かの都合で、後楽園《こっち》に入るのが遅れるのかな？）と思って電話に出た。藤野さんの声のトーンが異様に暗かった。

「楽ちゃん、……圓楽師匠が『行きたくねぇ』って言ってる」

「……えっ？　何ですか？」

「……だから、師匠は『笑点』の収録に行かないから」

「ええっ!!　どうするんですか？　プロデューサーから訊かれたら、何て答えるんですか？」

「何も知らない。聞いていないで、押し通してくれ。こっちも頑張って師匠を説

得するけど、圓生師匠が圓楽師匠の『笑点』の出演を窘めちゃったんだ。だから、意固地になって望みが薄い。じゃあ」

「じゃあって、もしもし？　もしもし……」

（大師匠の小言が原因なら、絶対に来ないな）と思った。そして、俺に真相を伝えながら口止めする藤野さんの強《したた》かさに舌を巻いた。

（楽太郎なら、ウチの師匠の評判に傷をつけないで何とかするに違いない）

って、思いなんだろうけど、今回ばかりは無理だった。演者の入り時間が三十分も過ぎた頃、案の定、楽屋は大騒ぎになった。

このときの『笑点』は、三波伸介さんが司会で、歌丸、小圓遊、こん平、木久蔵で、ウチの師匠が連れて来た圓窓、そしてウチの師匠の圓楽が『大喜利』の出演者だった。正直言って、当時の落語四天王のひとり三遊亭圓楽の存在感は、この出演者の中では一際大きかった。はじめはＡＤさんのおどおどした声での問い合わせだった。

「楽太郎さん、圓楽師匠は遅れているんですか？」

「さあ、知りません」

やがて、プロデューサーが怒鳴り込んでくる。

「楽ちゃん！　師匠は？」

「分からないんです。ボクも困っているんです」

「ちっ！　我儘でいけねえぁ！　どうするんだよ！」

楽屋の外の廊下で、プロデューサー、ディレクターが相談してた。怒号が聞こえる中で、善後策が漏れ聞こえてくる。

「もう絶対に収録に間に合わない。圓楽は、交通機関の都合で、……地方で足止めをくらって休むことにすればいい」

「二本撮りだから、二週も連続して同じ理由で休むのは、おかしい」

今もそうだけど、『笑点』は、一回の収録日に二本分から三本分を録画で撮り貯めしている。だから、一日の収録をお休みすると、最低でも二週間分の番組を欠席することになる。廊下の対策会議は続いていた。

「前半の一本は、交通が理由で圓楽を休ませる。後半の一本は、弟子の、アシスタントの、ほら、楽太郎が来てるだろ？　あいつに師匠の紫の着物を着させて座らせとけ！」

「『大喜利』で答えられますか？」

「答えなくていい。黙って座っていれば……、三波伸介さんに話して、適当にいじってもらえれば成立しないか？」

（これは、大変なことになった）と、控室で聞いていた俺。暫くして、ディレクタ

ーと三波伸介さんが、やって来た。プロデューサーの本多さんまでやって来て、

「楽ちゃん、おまえ、座っているだけでいいからな、紫の着物着て座ってろよ」

と云う具合に、急きょ俺の出演が決まった。

収録二本目、俺は師匠の代わりに紫色の着物を着て『大喜利』のコーナーに出演した。ちゃんと、紹介してくれたけど、緊張で何て言ってくれたのか全く憶えていない。何問目の問題だったのかも憶えていない。三波伸介さんが、

「それでは次の問題です。カラスになって一言。カラス何故泣くの？　皆さん、カラスになって泣いてください。あたしが、『何で泣いてるの？』って訊きますから、そのあとを続けてください」

って、出題した瞬間、ロッキード事件で閃いた俺は、思わず手を挙げてしまった。三波さんも当てちゃった。「楽太郎さんは、黙っていてください」、「楽太郎さんを当てなくていいです」と注意されていた二人なのにね。

「おっ、圓楽さんの代理で弟子の楽ちゃん」

「え～ん、え～ん」

「何で泣いてるの？」

「みんなが、黒い翼だ。黒い翼だって、虐めるの」

って、答えた。

「うめぇなぁ！　一枚やれ、圓楽より上手いぞ」

って、三波伸介さんが言ってくれた。そのあとも、いろんなことを言ってくれてね。ウチの師匠のいないことを穴埋めしてくれた。

その収録の放送日は、ちょうど電通が視聴者のアンケートをとる日だった。ラジオと同じように、テレビもそういうモニターをする時代だったらしい。そうしたら、

「圓楽さんの代理で出演したような若手をどんどん使うべきだ」

という意見がもの凄く多かった。で、ウチの師匠が正式に辞めたときに、そのデータの力添えもあって、ウチの師匠の推薦と合わせ技で、俺のレギュラー出演を後押ししてくれた。スポンサー企業の意向もＯＫだった。簡単に言うと、ツイていた。それともう一つ、俺の起用には、政治的な理由があった。

俺の『笑点』の正式なレギュラー出演は、俺の大学の落研の顧問だった圓窓さんが番組を辞めるから、その後任と云うかたちがとれなかった。ウチの師匠が我儘を言って辞めて、それが原因で圓窓さんも降ろされたかたちになった。「降ろされた」と云うと失礼だから「圓楽の紹介で入った圓窓だから」と、連帯責任のような形で二人が辞める。二人も穴が空くについては、補充をしなくてはいけない。だから、どっちが誰の後任と云うことではなく、（三笑亭）夢之助さんと俺

の二人が補充された。

ウチの師匠が凄いのは、圓生師匠に小言を言われて、直情的に反発して番組を降りちゃうんだけど、その反発力を利用して、今度は司会者として、急死した三波伸介さんにかわって昭和五十八年に『笑点』に戻って来る。

正直言って、ウチの師匠は、皆さんが思っているほど、器用じゃなかった。けれども、その反発力は凄まじいものがあった。

極端に言うと、ウチの師匠は決まったことしか出来なかった。結局『笑点』の『大喜利』のコーナーの司会者は、我々から見るとルーチンワークだった。高度なアドリブも不要で、当意即妙と云った閃きも必要ない。なので、ウチの師匠がルーチンワークの司会者として、『笑点』に三度目の復帰をしたことは、まさに名司会者のゴールが約束された復帰だと思っている。これが、五代目三遊亭圓楽の反発力なのだ。

圓生師匠に小言を云われて、「ああ、分かりました。やめてやらぁ」みたいな反骨精神も、平気で即決する。だから、分裂騒動のときも結局協会へも戻らない、と云う意地につながっていった。それは。もう少し後の話になる。

俺自身は若いときから全方位外交だから、談志師匠にも可愛がられた。その理由としては、反骨精神のウチの師匠が居たからこそだと思う。

「おまえの師匠は凄えよな。声の大きさじゃかなわねえから」

とかね、談志師匠が言ってくれていた。圓生師匠だって、落語協会を脱退して、暫くたってから、

「テレビは大事にしなさいよ」

と、圓生師匠は『笑点』を観てくれていたんでしょう。

「おまえさんは、テレビで売れなさい。人に憶えてもらえれば、それでいいんだからね。でも、いいかい？　稽古だけはしておけよ」

それは、よく言っていた。俺は怠けちゃったけどね。流されるタイプだから、そっちの方へ流されていって、売れることばかり考えていた。で、結局は、ウチの師匠の反骨に対して、よく言えば柳のようにしなやかに、悪く言えば漂流して生きてきたと思う。

楽太郎と云う落語界の渓流を漂う木の葉が、「落語協会分裂騒動」と云う激流に巻き込まれたのが、昭和五十三年の五月のことだった。

この件《くだり》に関して御断りを入れさせてもらうと、詳しく書く気はさらさら無い。詳しく書いたら、一冊以上の分量になってしまうし、詳しく知りたい人は、三遊

亭圓丈［＊10］さんの『御乱心　落語協会分裂と、円生とその弟子たち』［＊11］を読めばいい。ただしそれは、三十四歳で真打に成りたての圓丈さんの視線で描かれた「落語協会分裂騒動」だ。だから、二十八歳で二つ目の俺の視線とはまるで違う。その違いは、師と弟子の信頼関係の違いだと思っている。

原因は、俺から見れば大師匠、圓丈さんから見れば直接の師匠の六代目三遊亭圓生にある。とりわけ圓生師匠の芸に対する厳しさにあった。そして原因の原因は、昭和四十年に六代目三遊亭圓生の落語協会会長就任と云う形ではじまっていた。

昭和四十七年まで落語協会会長を務めた圓生師匠は、真打に成るだけの能力があるものと認めた二つ目しか、真打へ昇進を認めなかった。勿論落語協会には、真打に昇進しようとする本人の師匠、落語協会会長、各寄席の席亭全員の承認を得た者を真打にする建前があった。実際には、圓生師匠の会長在任中は、圓生師匠の独断で決められていたと言っていいだろう。

昭和四十七年に圓生師匠が最高顧問に退き、五代目柳家小さん師匠が会長に就任すると圓生会長時代の反動がいろいろあった。前にも書いたけどね、俺たちの様な〝隠れ弟子〟を正規の弟子として協会に招き入れてくれた。そして、小さん

［＊10］三遊亭圓丈　三代目三遊亭円丈（圓丈とする場合もある、代数も二代目としている資料もある）、昭和39年六代目三遊亭圓生に入門、前座名ぬう生、44年同名にて二つ目に昇進、昭和53年真打に昇進三代目円丈を襲名。同年師匠とともに落語協会を脱会したが翌55年に復帰。落語の新しい可能性を切り開いた『グリコ少年』を始めとした多くの新作落語を創作し活躍中。

［＊11］『御乱心　落語協会分裂と、円生とその弟子たち』三遊亭円丈から見た師匠六代目三遊亭圓生の落語協会脱会から新協会設立までの昭和53年の出来事をつづった昭和61年発売のドキュメンタリー書。後に加筆修正して再発売された。

師匠は自身の弟子である立川談志師匠や、俺の師匠の三遊亭圓楽師匠を新理事に登用し、理事会の合議制を導入したのだ。つまり、圓生会長時代は、圓生師匠がすべてを決定して、理事会には決定権はなかった。それを小さん新会長の下では理事会が最高決定機関となって、多数決により意思決定がなされた。落語協会の民主化がなされたのだ。俺の師匠の圓楽師匠も、この民主化を落語協会の近代化として高く評価して新理事を引き受けていた。但し、それを快く思わなかったのが、前会長の圓生師匠だった。

圓生師匠が会長になる前は、誰もが認める昭和の名人・八代目桂文楽師匠が落語協会の会長であった。文楽師匠は、昭和四十年に会長職に圓生師匠が就いた後も、昭和四十六年に亡くなるまで、最高顧問として意思決定のすべてに院政を布いていた。そして、圓生師匠も現在の最高顧問として、院政を布くことは当然と考えていた節があったと思う。圓生師匠が、己の意のままにならない小さん会長に対して不満を爆発させたのが、昭和五十三年五月八日の定例理事会だった。

真打昇進問題は遡ること六年前に、救済処置がとられたことがあった。小さん師匠が会長に就任したときに、前会長圓生師匠から認められず真打に昇進出来ない二つ目が大量に溜まっていた。二つ目を十年以上務める者、その数、実に四十名。ウチの師匠の圓楽が、小さん会長の命を受けて、その二つ目たちを集めて話を聞いた。彼らは口々に言った。

「真打になりたい」

ウチの師匠の圓楽は、小さん会長に大量真打昇進を進言した。これを受けて、昭和四十七年、翌年の春と秋に十人ずつ、合計二十人を真打に昇進させることが理事会に提案された。最高顧問の圓生師匠は、「あんなに真打昇進させるべきではない」と己の弟子の圓楽の進言に反対したが、理事会の賛成多数で大量真打が可決した。

しかし、それから五年の月日が流れて、その間に真打に昇進した者はわずか六名。落語協会には再び二つ目の落語家が溜まってしまった。そこで、会長の小さん師匠、常任理事の三遊亭圓歌［＊12］師匠、三遊亭金馬［＊13］師匠、春風亭柳朝師匠が、十名を真打に大量昇進することを提案したのが、昭和五十三年五月八日の定例理事会だった。所謂十人真打と云われるモノだ。

落語協会のジャッジメント・デイとなった昭和五十三年五月八日、常任理事から真打の大量昇進提案を聞いた最高顧問・六代目三遊亭圓生師匠は、即座にこれに反対するが、またも多数決で可決された。すぐさま圓生師匠は、常任理事三名の解任と、若手理事の三遊亭圓楽、立川談志、古今亭志ん朝の常任理事への昇格を要求した。しかし会長の小さん師匠は、若手の登用を認め、常任理事三名の解

［＊12］三遊亭圓歌　三代目三遊亭圓歌、昭和20年二代目三遊亭圓歌に入門、23年二つ目に昇進、歌奴に改名、昭和33年同名にて真打に昇進した。『授業中』『浪曲社長』など自作の爆笑落語で一世を風靡し、昭和45年三代目圓歌を襲名。晩年になっても爆笑新作落語『中沢家の人々』を作りその実力は衰えなかった。平成29年逝去。

［＊13］三遊亭金馬　四代目三遊亭金馬、昭和16年三代目三遊亭金馬に入門、前座名山遊亭金時、20年二つ目に昇進、三遊亭小金馬と改名、昭和33年同名にて真打に昇進、この頃にテレビ番組「お笑い三人組」（江戸家猫八と一龍齋貞鳳とともに）として人気者になる。昭和42年四代目三遊亭金馬を襲名した。

任は拒否して、常任理事を三名から六名に増員することで対応しようとした。この態度を目の当たりにした圓生師匠は、その日のうちに落語協会を脱退することを決意したという。

記憶では、運命の理事会のすぐ後に、ウチの師匠の御自宅に弟子たちが集められた。朝早くに客間に集まった弟子は香盤順に言うと、総領弟子の楽松兄さん、三代目小圓朝門下で小圓朝師匠の逝去でウチの師匠の門下に移った友楽［＊14］兄さん、そして楽太郎の俺、一月に入門したばかりの賀楽太《がらくた》［＊15］の四人だった。おそらく、徹夜で誰かと打ち合わせしていたのであろうウチの師匠が、目を真っ赤にして俺たちに言った。

「……もう聞いている者も居るかも知れないが、……御大［＊16］が落語協会を脱退するって言うから……」

俺たちは、初耳で言葉を失った。こんな狭い世界で、他から話が伝わってこなかったのは、余程早い段階で俺たちに話してくれたからだと感じた。誰も口を挟めず、ウチの師匠の話は続いて、なぜこんなことになったのか、落語協会の理事会の大量真打昇進に関するあらましを説明した。

「あたしと圓生師匠との真打制度に関する考えは、子弟だけど意見は違う。あたしは、今の落語界の状況を見て、真打の大量昇進は賛成だと思っている。賛成ど

［＊14］友楽　六代目三遊亭圓橘、昭和41年三代目三遊亭小圓朝に入門、前座名朝治、46年同名にて二つ目昇進、48年師匠小圓朝が没し五代目圓楽門下に移り友楽、53年師匠とともに落語協会脱会、昭和55年六代目三遊亭圓橘を襲名した。

［＊15］賀楽太　三遊亭楽之介、昭和53年五代目三遊亭圓楽に入門、前座名賀楽太、同年師匠とともに落語協会脱会、56年同名にて二つ目に昇進、昭和61年真打昇進、三遊亭金也と改名、平成9年さらに三遊亭楽乃介と改名した。

［＊16］御大　ある団体全体のトップに立つ人物、総帥。元々は「御大将」を略したものとされている。この場面では六代目三遊亭圓生を指している。

ころか、そうしないと、一生真打になれない二つ目落語家だらけになっちまうし、真打ってぇのは噺家人生のスタートラインだと思っている。だけどな、御大は、

『あたしの芸に対する我儘なんでゲスから……』

って、……ひとりでやめて、フリーの噺家になるって言うんだ……。あたしは、『師匠が（協会を）やめるなら、あたしもやめます』と、師匠と行動を共にすることに決めた。……あたしも、出る。おまえたちは好きにしなさい」

圓楽師匠が、俺たちの顔を見渡していた。短い沈黙を破ったのは、誰だったか覚えていない。

「……私たちも、師匠について行きます……」

そのあと、弟子の皆が無言のままで、頭を下げた。この瞬間で、五代目圓楽一門の結束は固まった。師匠の口が開いた。

「……ありがとう、実は新団体を立ち上げるにあたって、談志と志ん朝に相談している。上手くやれば、落語芸術協会や落語協会をも凌ぐ参加者が集められるかも知れない。お前たちも絶対に悪いようにしない。あたしについて来ておくれ」

ウチの師匠の生の言葉からは、圓生師匠への忠義と、俺たち弟子への信頼と愛情が感じられた。そこが、圓丈兄さんが見た「落語協会分裂騒動」と、俺が見た

「落語協会分裂騒動」の違いだ。俺は、ウチの師匠が断言した「二師にまみえず」という言葉に、一本気で律儀なサムライの姿を見たのだ。

かくして、新協会発足の記者会見の準備やら、連日の参加者、不参加者との駆け引きにウチの師匠は奔走することになる。俺は小間使いで、師匠が「これをコピーしろ」とか、「ちょっと今、メモしろ」だとか、そうやって新協会の色物さんの構想とか、興行のアイデアなんかを書いていた。動きはだいたい分かっている。ずっとそばについていたから……。

圓生師匠の提案を否決した定例理事会の十六日後、五月二十四日に赤坂プリンスホテルで、圓生師匠は、圓楽師匠、志ん朝師匠、円蔵［＊17］師匠、圓鏡［＊18］師匠と共に記者会見を開いて、落語協会を脱会して、新団体『落語三遊協会』［＊19］を設立することを発表した。世論は、「真打の乱造による落語家の質の低下」を訴える圓生師匠に賛同して、小さん師匠たち落語協会執行部に対する批判が噴出した。

俺は記者会見の席に、立川談志師匠の姿が無いことに一抹の不安を感じていた。

その翌日、東京の四つの寄席の緊急席亭会議［＊20］が開かれた。新宿・末廣

［＊17］圓蔵　七代目橘家圓蔵、大正12年八代目桂文楽に入門、昭和21年真打昇進し四代目月の家円鏡となる。さらに28年七代目橘家圓蔵を襲名した。六代目三遊亭圓生の落語協会脱会の際は行動をともにしたが、後に復帰する。昭和55年逝去。

［＊18］圓鏡　八代目橘家圓蔵、昭和27年七代目橘家圓蔵に入門、30年二つ目で升蔵、昭和40年真打昇進、五代目月の家圓鏡となる。メガネをかけた高座姿で人気を博しテレビCMではひっぱりだこであった。この圓鏡の時に前述の脱会騒動があり師匠の圓蔵とともに行動したが師同様復帰する。昭和57八代目橘家圓蔵を襲名した。平成27年逝去。

亭、上野・鈴本演芸場、浅草演芸ホール、池袋演芸場の総意として、

「新団体の寄席出演は認めない。席亭会議は圓生が落語協会に復帰することを勧告する」

と云う声明が出された。これを受けて、志ん朝師匠と圓鏡師匠が圓生師匠に、

「寄席に出演出来ないと弟子の育成が出来ない」

と、一緒に落語協会への復帰の説得を試みるも、圓生師匠は今更戻っては体面を保てないと拒否した。結局、圓蔵師匠、志ん朝師匠、圓鏡師匠は、共に新協会を離脱して落語協会に復帰した。他の参加予定者も全て不参加となり、六代目三遊亭圓生門下からも、さん生さん、好生［＊21］さんの二名が不参加となった。この二名は、直ぐに圓生師匠から破門を宣告され、改名するに至っている。


結局、新団体の『落語三遊協会』は、わずかに圓生・圓楽の一門だけでの寂しい発足になった。旗揚げ公演は、六月十四日に上野・本牧亭で行い、ラフォーレ原宿でも大々的に興行を行った。その後は東京の落語定席の寄席から締め出されてしまった。後援者の招きを中心とした地方の公民館やホールなどでの公演や余興のみで活動をすることを余儀なくされた。


（じゃあどうしようか？）って、ウチの師匠は考えて大師匠に言った。

「師匠、もう、寄席はあてにしないで、落語が出来る場所をあたしが作りますか

［＊19］『落語三遊協会』六代目三遊亭圓生が創設した新協会の名称。圓生没後は五代目圓楽が引き継ぎ何度か名称を変更したのち、現在は「五代目圓楽一門会」と称する。

［＊20］席亭会議　都内に4軒ある落語定席のトップ会談のこと。落語家が寄席に出演するには各寄席の主催者である席亭の意志を無視しては進めないということ。

［＊21］好生　春風亭一柳、昭和31年六代目三遊亭圓生に入門、前座名好生、昭和48年同名にて真打昇進。昭和53年師匠圓生の脱会時に行動をともにせず、破門される。林家正蔵門下に移り、春風亭一柳と改名した。昭和56年逝去。

ら……。日本全国寄席だと思いましょう」

って、言った。それで、日本全国を回ることになった。これが、逆に大当たりして、行く先々の大ホールが満席になる。

むしろ、落語を今日のように全国規模の芸能にしたのは、この二人が最大の功労者だったのではないか？　圓生師匠は喜んで、よく、

「おい、長嶋［＊22］は年棒幾らもらってんでゲス？」

って、言っていた。つまりね、噺家がちゃんと落語で食える、日本全国に高座があると云う、戦後の落語界にとって、初めて迎える落語会の全国大ホール展開の凄さを圓生師匠自身が一番驚いて、一番楽しんでいたのだ。

実は圓生師匠が上機嫌であったのはもう一つ理由があって、分裂騒動の当時はね、圓生師匠よりウチの師匠の圓楽のギャラが高くなっていた。ところが、地方のホールの親子会で、「それじゃいけない」からって、ウチの師匠は自分のギャラを圓生師匠に乗せていた訳。だから圓生師匠の当時の、

「ああ、落語家は稼げるんでゲスね」

って、言っていたことに、ウチの師匠の義理と忠義を強烈に感じた。

あの騒動から、実に四十一年が経った。今でも、インタビューとか取材で、

［＊22］長嶋　当時の野球界の大スター、読売ジャイアンツ・長嶋茂雄のこと。

「『落語協会分裂騒動』では、どんな苦難がございましたか？」

って、訊かれるんだけど……、本当のことを言おうか？

当時の俺は、テレビやラジオで売れて稼げていたので、協会を飛び出して寄席に出られない身分になっても、まったく困らなかった。それに、寄席の出演料ってのは、正直言って安すぎる。遠くに住んでいると、客の入りによっては電車賃すら出ないシステムなのだ。「寄席が修業の場だ」って言うけど、前座の内に礼儀作法を覚えることや、いろんなお師匠さんたちに会うことまでは分かるが、本当の落語の修業の場って、他《ほか》だと思う。寄席で十五分の持ち時間じゃ、修業にならねぇもん。三十分のトリでもとらせてくれればいいけどね。だから、寄席に出られねぇってぇのは、何でもなかった。後年の話になるけど、ウチの師匠が『若竹』を建てた時に、こん平さんが出演《で》て、で、小さん師匠に、

「ペナルティだ。おまえ三か月、寄席に出さねえから」

って、叱られたとき、こん平さんが、

「しめた！」

って、言った。で、まわりが気がついて、

「ダメですよ、小さん師匠。『寄席へ出ろ』と言うのが、ペナルティなんです

よ、売れっ子には」

って、ご注進したんだ。寄席に出さないのは、ペナルティじゃない。当時の寄席のシステムは、落語家にとって見れば、修業の場じゃなかった。だから、今でも寄席っていうのは、芸人の顔見せプログラムか、見本市か、ショーケースだから、ちゃんとした落語を聴きたかったら、お目当ての人を見つけて、その人の独演会や何人会でもいいから行くべきだ。

俺自身は、この昭和五十三年の新協会創設から、翌年の圓生師匠の逝去までが最も大師匠に親密に接した時間だった。俺は孫弟子だから、優しくしてくれたし、移動中も、「あの噺は、どうの」って、芸談をたっぷり聴かせてもらった。圓生師匠に関して、もう少しその人柄とエピソードを紹介したい。

圓生師匠の最後の一年間は、旅に出ていた。その姿を見て俺が感じたことは、圓生師匠は死ぬ間際までずっと芸人として進化していた。ある意味、落語モンスターだったということだ。

良い例としては仙台の演芸会がある。『白松がモナカ』という銘菓があって、そこの招待会みたいな落語会だった。それで、圓生師匠がねぇ、『やかん』［＊23］を演った。そういう営業の仕事の客だからと思って演ったのか？　軽く逃げ

［＊23］落語の演目『やかん』　町内の知ったかぶりが八つぁんにいろいろな言葉の由来を訊かれて、知らないと言えずにいい加減な解説を展開する噺。

ようとしたのか？　ところがこの『やかん』が凄くウケた。で、降りて来て、ニヤって笑った圓生師匠が、

「『やかん』でもってトリをとって、客を納得させて帰すなんぞは、あたしはプロでゲスな」

って、言った笑顔を思い出す。最晩年の一年間は、旅と落語の仕事がどんどんどんどん増えてって、それで、命削ったと言えば、命を削ったのかも知れない。最後は心臓病だって云うからね。だけども、当人の圓生師匠は、幸せな一年だったと思う。みんな言うのは、

「あの一年間の根多と噺が、一番輝いていた」

って。つまり、普通の人間って、芸人もそうだけども、ウチの師匠も口調が落ちて来て、トチって、現役を辞めていくものだ。ところが圓生師匠は最後の瞬間まで良い芸が出来て、死ぬまで芸の虫だった。

八代目の文楽師匠のように、噺の途中で詰まって高座を中断することも全くなかった。逆に我々に対する小言の流暢なこと、

「おまえ、前方《まえかた》で演《や》って、どうしてそんな早口なんだ？　十《じゅう》喋ろうとするからいけないんだ。三十分ある噺を、十五分で演ろうと思ったら、一、三、五、七、と、はしょることも憶えなければいけませんよ。だから、前座でも、お前たちで

も、若い内ってェのは、教わったら数喋りたいからって、無駄が多い。削ったっていいところだけ残せば、噺にはなるんだ」

だとか、楽屋でそういう話までしてくれた。本当に、下の者の高座まで、よく聴いてくれていた。それで、俺が『湯屋番』［＊24］を演ったら、圓生師匠がね、

「これは誰に教わったんだい？」

「ええ、楽松兄《あに》さんに……」

「かぁっ、おまえたち同士で教《おせ》えあってどうするんだい？　下手が教えちゃいけません」

それで、機嫌が悪いんじゃないんだ。

「ちゃんと憶えて、ちゃんと噺を教えなきゃダメだよ」

って、笑いながらの小言だった。

本当に大師匠は充実した晩年の一年だった。歌舞伎座で演り、そして日生劇場の大劇場で演った。日生劇場の舞台稽古なんかはね、凄かった記憶がある。俺は、照明係のところについて、なんの噺だかは忘れたけれど、暗転の場面があった。大師匠は、大劇場で落語をする場合は、自分でいろんな工夫をした。大師匠の指示では、

「このセリフで、こうやって、ポーンと暗転だよ」

［＊24］落語の演目『湯屋番』　落語に登場する若旦那はおおむね遊び好きだ。挙げ句親に勘当されブラブラしているわけにもいかず仕事でもやってみようというもの。この噺では風呂屋の番台の仕事に就く。だが番台に座ると一人での妄想が始まるのだ。

［＊25］柝頭　歌舞伎などで場面の転換やセリフの切れ目に打つ拍子木の最初の音。

［＊26］生之助　三遊亭生之助。昭和34年六代目三遊亭圓生に入門、前座名六生、37年二つ目に昇進し生之助。昭和48年同名にて真打昇進。師匠圓生脱会時は行動をともにし、後に落語協会に復帰、平成21年逝去。

ってね。そうして、消したら、

「もっと早くだ！」

当時は白熱灯だから、完全に消えるまで時間がかかる。光がどうしても薄く残る。そして、俺は照明室の窓を開けて、大師匠に向かって上から、

「これで精一杯です！　灯りが残るんです」

って、言ったら、

「……おやおや、楽太郎に叱られやした」

って、可愛いんだ。

でも、みんな緊張して演っていた。最後にね、柝頭《きがしら》［＊25］を入れるのでもね、生之助［＊26］さんが、「チョーン！」って、打《や》ったら柝頭が飛んだ。それを下に落としたら、ドカンって大変なことになる。必死になって、両腕と胸で受け止めて、セーフ！　みたいなね、圓生師匠の芸の素晴らしさ、それを弟子たちが裏方になって成立させていた。『三十石』もそう、圓彌［＊27］さんが太鼓を叩いて、「舟唄」のところでもって、

「おおぅ〜い」

なんて、声を入れて演ってね。海老一［＊28］が笛を吹いたりね。とにかく、大師匠の全生命力と一門の総力で芸を演っていた。

［＊27］圓彌　三遊亭圓彌。昭和33年八代目春風亭柳枝に入門、前座名枝吉、師匠の没後六代目三遊亭圓生門下に移り、36年二つ目で三遊亭円弥と改名、昭和47年真打昇進に際し圓彌と表記を変えた。師匠圓生脱会時は行動をともにし、後に落語協会に復帰、平成18年逝去。

［＊28］海老一　海老一染之助。「おめでとうございま〜す」で有名になった太神楽・兄弟コンビの弟。主に曲芸を担当していた。笛の名手でもあることから圓生師の手伝いをしていた。父親は元落語協会所属の三遊亭圓駒であった。

『圓生百席』［＊29］を遺したのもそうだった。今のようなグーグルも何にも無い時代に、全部調べて、誰も演っていないようなヒキゴト［＊30］のまくらを付けて、最大限の資料を遺してくれた。第一スタジオ［＊31］の客の居ないところで、あの呼吸で、そして、「受囃子《うけばやし》［＊32］は、これで」って決めて、自分で、「この噺だったら、これが受囃子には良いのではないか」って、長唄［＊33］のことや、歌《か》舞音曲《ぶおんぎょく》［＊34］のことも分かっているから、それをピシーッと『百席』に収めていく。『圓生百席』は、どれを聴いたって、（よく客の居ないところで、これだけの息で、キチンと出来る）と思ってしまう。だから、俺は『百席』をあらためて聴くと、凄い稽古してもらった気持ちになるから、苦しくてしょうがねぇ。ウチの師匠も言っていたのが、

「俺には、もうやることは無いよな。もう落語家として、圓生師匠を超えるだけのものは無いよ」

確かにそうだ。だから、全部を俺たち後輩に置いてってくれた。そして、自分の芸の凄さを見せつけて亡くなった人だった。凄い自信家で、それを物語る逸話がある。

三越で俺が前座のときにね、右近師匠が太鼓を叩いていてね。で、高座返しとお茶出しと、着物をたたむのが、生之助さんだった。で、生之助さんが俺に「代

［＊29］圓生百席　現ソニー・ミュージックダイレクト（当時はＣＢＳ・ソニー）より発売した六代目三遊亭圓生のスタジオ録音版・落語レコード。後にＣＤ化。一般的に落語のレコードはお客様の前で語られそのお客様の反応も含めてのライヴ録音が通例だが、この作品は1席ずつスタジオの中で語られたもの。磨き上げた話芸を精緻な形で残した功績は大きな価値がある。

［＊30］ヒキゴト　物事の故事来歴を説明したり、引用したりすること。

［＊31］第一スタジオ　ソニー・ミュージック六本木スタジオの第一スタジオのこと。

［＊32］受囃子　一席の噺が終わり、舞台袖へ降りる時に流すお囃子のこと。

わってくれ」って言って、俺が前座になって、楽屋に入った訳だ。鳴り物［＊35］は演らなくていいから、楽な仕事だった。そのときの楽屋に、春風亭の柳橋［＊36］先生が居て、今輔［＊37］師匠が高座に上がっているところに、トリの圓生師匠がコートを着てやって来た。当時の三越の楽屋は、呉越同舟で皆が居る。で、大師匠はコート脱がないで、両手を突き出して壁を触っている。で、

「大師匠、何か？」

「え～、何か降って来てヤスよ」

つまり、今輔師匠の声が降ってくるって、そういう表現をするんだ。声質が繊細じゃなくて、大雑把な印象なんだね。雹《ひょう》に例えていたのかも知れない。そうしたら、分かっているんだ、春風亭（柳橋師）もね。腕組みしながらね、

「さっきから、降ってるぞぉー」

って。そうか、モニターの音量だと思って、ボリュームに手をかけて、

「消しますか？」

「いやいや、消さなくてようガス。何を演ってんだい？」

「ええ、『死神』［＊38］を」

「『死神』を、……へぇー……」

って、あそこの階段を上って行って、コートを着たまんま、そぉーっと、じぃ

［＊33］長唄　江戸長唄のこと。江戸時代中期に杵屋一門によって作られた。主に歌舞伎芝居の所作事の地唄として発達した。

［＊34］歌舞音曲　歌、踊り、音楽など芸能の全般を指す。

［＊35］鳴り物　落語の寄席や落語会では前座がお囃子の太鼓や鉦を叩く（まれには笛を吹く）ことになっている。この太鼓や鉦のことも含めて鳴り物と呼ぶ。

［＊36］春風亭柳橋　六代目春風亭柳橋、柳家金語楼とともに落語芸術協会を創設し、初代会長として長らく務めた。また新作派の金語楼とともに古典落語を意欲的に改作し落語の隆盛を支えた。明治42年四代目春風亭柳枝に入門、子供落語家として登場。大正4年二つ目に昇進し

ーっと観ている。俺はその後ろで観てたら、高座を覗き込んでね、それで振り返って、ニヤッと笑って、スッと踵を返して、階段を、あそこは三段ぐらいあった。（手でも貸そうかな？）って、俺は下で控えていたら、大師匠は俺の顔見て、

「へへッ、違いヤス」

って、言った。（凄いなぁ）っと、思った。

「ありゃ、『死神』じゃぁ、ありゃぁせんよ」

つまりあんなものは、私たちが演っている『死神』とは違う。（まがいモノなんですよ）と云う意味だった。今輔師匠には失礼だけどね、それだけ自信があったということだった。

大師匠の芸に対する厳しさでは、もう一つ凄い逸話があった。これはプロの落語家が落語を自分のレパートリーにする過程にかかわることなので、先ずは普通の段取りを説明する。そうしないと、圓生師の凄味が分からないから……。

〝三遍稽古〟って云うんだけど……。例えば、俺が二つ目の時に、その頃の落語四天王の一人で、売れに売れていた春風亭柳朝師匠に『欠伸指南』［＊39］を教わったことを例にすると、先ず覚えたい噺を師匠が、目の前でマンツーマンで喋ってくれる。で、俺が聴き終わったら、「じゃあ、またな」って帰らされる。で、何日かしたら、二回目で師匠が一対一で喋る。で、また、聴き終わったら、「じ

春風亭枝雀、8年真打昇進し七代目春風亭柏枝を襲名、10年四代目春風亭小柳枝を襲名、大正15年六代目春風亭柳橋を襲名した。落語界では〝先生〟と呼びならわしていた。昭和54年逝去。

［＊37］今輔　五代目古今亭今輔。お婆さんの登場する新作落語で人気を博し、六代目春風亭柳橋の後を受けて落語芸術協会の会長を務めた。大正3年初代三遊亭圓右に入門、8年柳家小さん一門に移り柳家小山三、大正12年同名にて真打昇進、大正15年桂小文治一門に移り、6年三代目桂米丸を襲名、昭和16年五代目古今亭今輔を襲名した。昭和51年逝去。

［＊38］落語の演目『死神』　貧乏な男が死神と出会い、医者になって金を儲ける方法を授かった。病人についた死

ゃあな」って帰らされる。で、また何日かしたら、三回目、師匠が俺と二人きりで喋ってくれる。一つの噺を三回聴いて覚えろってことだ。昔はテープレコーダーもなかったから、本当に真剣勝負で覚えたっていうね。で、噺を覚える方が喋るのは最後だけで、今度は俺が師匠の前で『欠伸指南』を喋るんだ。これが、「噺をあげにいく」ってことだ。具体的には俺が、柳朝師匠に、

「『欠伸指南』を覚えたので、聴いてください」

って、柳朝師匠のご自宅に伺って、一席語る。すると師匠が、

「じゃあ、その落語を演っていいよ」

って、許可が出る。この許可が出ないと、その噺は幾ら知っていて、得意な根多であっても、演じてはいけない。これが、プロの落語家と素人の落語愛好家の決定的な違いだ。口伝か？　そうでないか？　芸に厳しい落語家は、今でもここに拘《こだわ》っていると思う。

という通常の段取りと、圓生師匠が『ちきり伊勢屋』［＊40］を教わった段取りとは、大変な違いがある。

ことの起こりは、『ちきり伊勢屋』って噺を、六代目三遊亭圓生が名人と呼ばれるようになってから、覚えたくなったのが発端だ。この噺は、八代目林家正蔵師匠系に伝わる噺だから、正蔵師匠の弟子の二代目橘家文蔵［＊41］さんに教わろ

神を追い払えばその人は助かるというまじないがあるのだという。この男はおかげで大儲けをしたが、死神との約束を破ってしまい今度は自分が死と向き合うことになる。原話はグリム童話にあり、これを初代三遊亭圓朝が翻案したもの。

［＊39］落語の演目『欠伸指南』〝欠伸〟を教えるという指南所ができたと町内の若い奴が友達を誘って習いにきた。真面目くさって欠伸を教え、また教えられる様がどうにもバカバカしい噺。

［＊40］落語の演目『ちきり伊勢屋』〝ちきり伊勢屋〟という大きな質屋の倅・伝次郎は高名な占い師・白井左近の見立てで死ぬと言われ、それなら持ち金すべてを遣ってから死のうと決意した。とこ

うとしたんだ。流石の圓生師匠も、口伝の掟を破って勝手に演る訳にはいかなかった。

で、香盤で云うとずっと上の先輩である圓生師匠に「稽古してくれ」って、呼びつけられた文蔵さんは、圓生師匠のご自宅に伺って、……教えるほうが伺って、一席演った。じっと聴いている圓生師匠の気迫に押されて、語り終わった後で、

「ど、どうも、ありがとうございました」

って、稽古つけたほうが言っちゃった。そうしたら、圓生師匠が、

「へへっ、あたしのほうが上手《うも》うガス」

って、未だ聴いたばかりで一度も演っていないのに、「あたしのほうが上手い」って、凄く失礼な自信だけど、それを文蔵さんは全く言い返せなかった。圓生師匠には、名人芸に裏付けされた審美眼があったと思う。また、芸の上下を見極めるのも的確だった。よく逸話で語られている話だけどね、芸の上手い下手を剣術に例えてね、

「真剣で野試合をしたら、あたしは志ん生には敵いません。でも、道場で竹刀を持ったら、あたしは何本闘《や》ったって、志ん生を負かせます」

志ん生師匠の了見とか、満州から引き揚げるときの苦労かとか、満州時代の思

ろが死ぬはずだった日が来ても死なない。そしてそれからは貧乏をしながら左近を捜すことになる。長編落語なので上下に分けて演じられることが多い。

［＊41］二代目橘家文蔵 昭和30年八代目林家正蔵に入門、勢蔵となる。昭和43年真打に昇進し二代目橘家文蔵を襲名。平成13年逝去。

い出とかを含めて、

「野試合をしたら敵いません」

って、やっぱり自分がそういう感覚だったんだろうね。芸に対する自信はあった、だけども、このフラ［＊42］には敵わない。だから、圓生師匠は、凄く自信家だけど、客観的に自分を見ることが出来る師匠だった。

大師匠の最晩年の頃を思い出すと、笑っちゃうエピソードばかりだね。悲愴感なんてどこにもなかった。だって、面白いんだもの、力抜いて演ってて、どこだったっけかなぁ？　俺も一緒に行って、そんなに広くはない会場だった。高座が低くて、客が近くに居る作りだった。大師匠が演っていると、大師匠の目の前でお婆さんと奥さんが話をしている。それで、圓生師匠が、

「おいおい、お婆さん、あたしが喋ってんだから、静かにおし、おい、お婆さん」

って、言ったら、隣の奥さんが、

「すみません。ウチのお婆ちゃん、耳が遠いんです」

って、

「フッ、『×××』なら来なきゃいい」

って、マイクが入っているのに。

［＊42］フラ　落語を演ずるときに現れるその芸人なりの何とも言えないおかしみ。

「聞こえないから、ようがしょう」

って、まわりは全部聞こえているから、バカウケなんだ。袖までバカウケ。

本では「耳が不自由で聞こえなきゃ、来なきゃいい」って書くことになるね。

本当に、自由に生きて、幸せな最期の一年だったと思う。落語協会会長との対立、大量真打昇進のこともすべて、もう自分の中では流れて行った。

（落語を聴いてくれる人が日本中にこんなにいて、それで落語は大ホールで腕が見せられて、で、お金《あし》ももらえて、実にどうも……テヘ）

っと、思っていた筈だった。そう思っていた最中だと思いたい、……昭和五十四年の九月三日に習志野で倒れたときも……。


その日、俺は大師匠とは別の仕事だった。第一報は、

「直ぐに中野坂上に来てくれ」

って、云われた。習志野で倒れて、亡くなったという連絡だった。ただただ絶句だった。僅か二日前に、大師匠とは仕事に一緒に行っていた。そこで撮った写真が良くてね。圓生師匠とウチの師匠が並んでいて、その後ろで亡くなった圓好［＊43］さんも居てね、皆でもって笑っているんだ。

ビックリしたのと同時にね。「どうしよう？」って、まあ、手伝うしかなかっ

［＊43］圓好　七代目三遊亭圓好。昭和43年五代目三遊亭圓楽に入門、翌年に圓生門下に移り生坊、昭和47年二つ目に昇進し三遊亭梅生となる。師匠圓生脱会時は行動をともにし、後に落語協会に復帰、昭和57年真打に昇進、七代目三遊亭圓好を襲名。平成19年逝去。

た。バタバタしていてね、悲しさもクソもないんだ。

「楽ちゃん、とにかくマスコミとか、いろいろ来るから、対応だけして。あんたはテレビに詳しいでしょ？」

って、おかみさんに言われた。マンションですからね、隣近所に迷惑がかからないように手配してる最中に知り合いのカメラマンやら、ディレクターが来て、

「ちょっと、お師匠さんを撮らせてもらっていいかな？」

「あのう、おかみさん、そういうのが来ているんですけど……」

「何だっていいよ、あたしは……、おまえがやっておくれ」

って、言うから、

「まあ、どうぞ上がって、撮るなら撮って」

そうしたらね、その野郎がね、遺体を跨《また》いだんだ。俺、黙って見ていた。知り合いのカメラマンだし、仕事熱心で好感も持っていた。跨いで、レンズを下向けて、パンしている。（そんなもん、撮って……）本当にそいつは仕事熱心な奴でね。そんなもん撮ったってね、使えねぇだろうと思うのに……。最後に顔の白い布をめくって、

「……顔はいいか……」

って、言ったんだ。俺は頭に来て、

「いい加減にしろよ」

って、

「いくら知り合いだったって、おまえ、そこまでやるなよ。もう、帰ってくれ」

って、帰した。本当に仕事熱心のあまりまわりが見えなくなる奴だった。良い画を撮るためだったら、なんでもアリ。話が脱線するけど、那須の御用邸で、陛下の頭に蝶々がとまった。カメラを肩に乗せて構えて、その蝶が飛び立つ瞬間を撮りたかったんだろうね。空いているほうの手で、陛下の肩を軽く押した。後日宮内庁に呼び出されて、出入り禁止になった。昔はそういう奴がざらに居たんだ。


　後の圓好の梅生さんと、落ち着いた時に、いろいろと書を見つけた。反故《ほご》っ紙《かみ》［＊44］の中に、書き損じか何か、為《ため》書《が》き［＊45］なんか入ってない。それで、

「おかみさん、これぇ、一枚ぐらいもらっていいですか？」

「知らないよ」

　それで、三枚ぐらい持って帰った。古いのが出て来た。圓蔵時代に書いたんだろうね、

「圓蔵が　象に乗って　舞台に出る　これが本当の増援部隊（蔵圓舞台）」

って、くだらねぇんだ。象の絵が描いてあった。

［＊44］反故紙　書き損じなどでいらなくなった紙などをいう。
［＊45］為書　色紙などを書く際に、誰々さんへと個人名あてで書くこと。

「潮を吹く　クジラは　海のポンプかな」

　ってのもあった。みんな、人にあげちゃったけどね。


　圓生師匠が亡くなると、ウチの師匠以外の大師匠のお弟子さんは、皆、落語協会に戻っていった。ウチの師匠だけが、圓生師匠の意地に応えた律儀を押し通して戻らなかった。五代目三遊亭圓楽の弟子で、二つ目の身分の三遊亭楽太郎も、当然のように落語協会に戻らなかった。前にも書いたけど、テレビとラジオで十分に食えていたし、落語協会に限らず別の協会や上方落語家の仲の良い噺家とは、寄席以外のホール落語会やテレビ番組で一緒だったから、疎外感とか孤独感だとかは一切感じたことがなかった。

　そのあとで、小朝が抜擢で真打になるって発表があった瞬間に、ウチの師匠が、

「今、『笑点』に出て、楽太郎《おまえ》のほうが売れているんだから。NHKの『横丁の若様』？　おい、あいつが真打になる。おまえはいつなるんだ？」

　ちょっとパニック気味に、理不尽でしょ？

「小朝が真打になるんだ、おまえ。ええ、おまえ、同期だろ？　おまえはいつ（真打に）なるんだ？」

「いつなるんだって、師匠。どうしたら、いいんですか？」

「なればいいんだよ」

「いつなるんだって、それは師匠が決めるもんですよ」

って、言ったら、

「おまえが決めろ！」

「……じゃぁ、来年」

準備があるからさぁ、そう言わないと収まらない。結局、また、師匠の言葉に流されて出世することになった。

第六章 「楽や、圓楽は譲るよ」

昭和五十六年三月、春風亭小朝に遅れること十か月、俺は真打に昇進した。五代目三遊亭圓楽の弟子の真打披露は、かつて所属していた落語協会と分裂に反対した落語芸術協会からも無視された。ただ、それは表向きのことで、当時の落語協会会長の五代目柳家小さん師匠ですら、俺の真打昇進を祝福してくれたことを記憶している。

俺の真打披露パーティーに両協会から誰も来ないって……筈だった、ところが三笑亭夢楽［＊1］師匠は、来てくれた。

「えっ？ 来ちゃいけなかったのかな？ じゃあ、俺、来なかったことにして」って、言ってね、ずっと座ってた。あの師匠は、そういうところが優しかったな。

分裂の最中でも、その前からちゃんと盆暮れの御挨拶に行っていた幹部の師匠

［＊1］三笑亭夢楽 昭和24年五代目古今亭今輔に入門、古今亭今夫、26年に三笑亭可楽門下に移り、二つ目に昇進し夢楽と改名、昭和33年同名にて真打昇進、テレビ番組「お笑いタッグマッチ」などで活躍した。平成17年逝去。

たちは、真打披露に来てはくれないけれど、（認めてもらえていたんだなぁ）って強烈に感じたエピソードがある。前座時代から可愛がってもらってたからだ。例えば真打披露の御挨拶に行くときに、御招待状を一応持って行く。で、先ず（十代目金原亭）馬生師匠の家に行った。居る時間は、もちろん調べておいてね、で、

「御挨拶したいんですが」

って、訪ねると、

「あっ、楽太、来たの」

もう、酒の仕度がしてあった。

「まっ、おめでとう」

と、酌をしてくれた。俺も嬉しくなった。……そのあとで、祝儀袋を渡してくれた。

「（小声で）こういう状態だから、（パーティーには）行けない」

で、次に林家（八代目正蔵）に行った。稲荷町へ。近いからね。金原亭に行ってから、林家へ行ったの。そうしたら、林家がね、長火鉢の引き出しからね、

「わざわざ、あたしまで御挨拶を頂いてありがとう」

って、祝儀袋を出した。これはいつ、誰が、何かのご祝儀で訪ねて来てもいい

ようにって、普段から準備がしてあると思っていた。昔の人はキチンとしている
からね。ところが、ちゃんと「楽太郎　御師匠様へ」って書いてある。
(この子は来るだろうな)
って、正蔵《むこう》は思ってた。
(凄えなぁ)
と、思った。協会が分かれても、正蔵師匠は〝俺が来る〟ということは、分か
っていたんだ。だから、チャンと仕度しておいてくれた。(いつか来るだろうな)
って思ってくれた。それを貰って、
「おめでとう。お前さんなんぞは、もっと早くなっても良かった」
って、ほら、孫弟子の小朝が(真打に)なったでしょ?　その辺を知っている
から話をしてくれた。で、
「これからどちらへ」
「目白へ」
「……小さんさんのとこ?　向こうが会長じゃないか?」
「いやいや、先ずは林家へ」
自分のところに真っ先に来たと思い込んだ正蔵師匠は、ニコーッて笑ってくれ
た。俺も〝人たらし〟だ。

「金原亭のとこへ行って来た」

とは言わない。

「馬生師匠のところへ行ってきました」

って、言ったらバカでしょう。

「それがモノの順ですから」

ニコーッって笑ってね。

「これからも頑張んなさいよ」

って、ちゃんと上がりがまちのところまで送ってくれた。

それで、目白へ行ったら、小さん師匠が、

「圓楽はいいよ。談志はダメだ」

って、言いながら、それでちゃんと祝儀をくれて、

「みんな、こういう事情だから、まあ、勘弁してくれ。……頑張れよ」

って、送り出してくれた。それから、圓歌師のところへ行った。そうしたら、圓歌師匠が新しいかみさんを貰ったばっかりでしょう。新しいおかみさん貰って、うじゃじゃけてた[＊2]頃だから。酔っぱらっていた。そうしたら、

「圓楽になんかあったら、俺のところへ来いよ」

「師匠、そんな話じゃ」

［＊2］うじゃじゃけてた　うじゃじゃけている。本来は熟しきっていてくずれた状態を云うが、転じて態度や姿勢がだらしなくなっている状態を云う。

「まだ、早えか?」

それで、パァーパァー言って喜んでくれて、で、結局、「じゃあな」って言って、(祝儀を)貰ってねぇんだ。忘れちゃった。まるでネタだ。

そういうのはよく覚えている。少しも恨んでいない。圓歌師匠とは晩年にもの凄く仲良くなったしね。それで、金馬師匠のところへ行ったんだ。ところが、金馬師匠は留守だった。

「失礼なんですが」

って、一筆書いて、郵便受けに挨拶状と案内状を入れて来た。俺たちの世界は、厳密に言うと出直すのが筋だけどね。

「ちょっと他をまわって、郵送も失礼なんで、来たことの証として」

って、書いておいた。そうしたら、金馬師匠は逆に現金書留で祝いを送ってくれた。本当に、素晴らしい気遣いをしてくれた師匠たちに感謝している。

もう一人、生きていれば俺の真打昇進を祝福してくれたはずの大物落語家がいた。前年に、訃報があった。ウチの師匠の落語協会への復帰を心から願ってくれて、陰ながら説得していた落語家だ。師匠・圓蔵がいち早く新協会参加を表明する中、弟子の身の自身は移籍の意志を見せず、最後には師匠の落語協会脱会撤回の説得に成功した大物噺家だった。俺の真打昇進披露の半年前に逝去された初代林家三平師匠のことだ。

話は、分裂騒動翌年の昭和五十四年の晩秋に戻る。その頃二つ目の俺は、東京の寄席を追われ、六代目三遊亭圓生を亡くし、落語協会に戻らない決断をしたウチの師匠との地方公演で大忙しだった。その日、師匠に同行した俺は、上野駅のプラットホームで旅先へ向かう列車を待っているときのことだった。

柱の陰から覗いている白いマスク姿の男性が、一所懸命、俺に目配せをしている。

(なんだか、三平師匠に似ているなぁ)

と、思って、視線を合わせると、マスクをとって手招きしている三平師匠だった。三平師匠はこの年の正月に脳溢血で倒れて入院した。一週間昏睡するほどの重症で、右半身マヒと言語症が生じたが、懸命にリハビリを重ねて、最近、奇跡の復帰をしたばかりだった。慌てて、師匠に、

「師匠、あの……三平師匠が、お見えになっています」

と、伝えた。

「……分かった。おまえはここで待っていなさい」

まるで、三平師匠が自分を待ち伏せしていることが分かっている様な返事だっ

た。

物陰に隠れるようにして話をしているウチの師匠と三平師匠。倒れる前の高座やテレビの調子からは想像も出来ない三平師匠の穏やかな声が、駅の喧騒の隙間から聞こえて来る。

「……あたしが口を利きますから、落語協会に戻りましょうよ、圓楽さん。あなたは、落語協会に必要な噺家なんですから……」

ウチの師匠は静かに三平師匠の要請を断り、自分を説得しに来てくれたことに大きく感謝をしていた。後輩の弟子に訊いたら、三平師匠の待ち伏せは、今日がはじめてじゃないと云うことだった。ウチの師匠のスケジュールを調べて、（圓楽さんは、この電車に乗る）って当たりをつけて、上野駅や東京駅のホームで待ち伏せてくれたらしい。芸風とは正反対で目立たぬように真面目に、「戻っておいでよ」って言ってくれてるうちに、昭和五十五年に肝臓癌で亡くなってしまった。享年五十四。あまりに早い昭和の爆笑王の死に、落語界のみならず日本全国が悲しんだ。

「落語協会分裂騒動」が契機となったのか、七十年代の終わりから八十年代にかけて、落語界は大きな事件が続いた。昭和五十八年、立川談志師匠が落語協会を脱会して、『落語立川流』［＊3］を創設した。俺は、他の流派の弟子の中では、

［＊3］落語立川流　七代目立川談志が落語協会を脱会し、自らが家元と称し創設した落語団体。弟子に上納金を納めさせると云う落語界始まって以来のシステムを始めた。

とりわけ談志師匠に可愛がられた方だと思っている。前座時代から、物怖じしないで談志師匠には生意気を言っていたからだ。

談志師匠から習った噺は、それほど多くない。『三方一両損』、『桑名船』、『田能久』、……そんなもんだ。稽古はね、雑談で終わる感じだった。でも、俺が前座の頃から何ではまったかと言うと、（談志師匠が好きだ）ってことに尽きる。世間ではあれほど気難しいと言われているけど、懐に飛び込んで行ったら、生涯はまった感じだった。思い出すのは、前座時代の終わりの東横落語会だ。

前座で、鳴り物、高座返しなんかで仕事をしていた。その時は、二つ目になることが決まっていたから、お祝いで出してくれたと思う。その会にね、山本益博さんとかいろんな人が客席にいた。で、談志師匠が高座から降りて来て、恐ろしく不機嫌なんだ。

「ウチ出て来る時までやる気があったんだけどな、（高座に）上がっているうちに、段々段々やる気がなくなっちゃった」

って、言いはじめた。楽屋に入らず立ち止まって、その場にいる噺家や楽屋を訪ねてきたお客の一人一人に詰問するように、自分の心境の説明を求めるんだ。

談志師匠曰く、

「何なんですか？　こりゃぁ？」

って、はじまっちゃったわけ。俺は、ただただ見ていたんですよ。評論家の先生は、談志師匠の質問に的外れな答えをして恥をかきたくないから、皆逃げ出しちゃってね。で、噺家の一人一人が順番に答えて、……まあ、皆は無難な答えで「客が悪い」とか、「客の中の評論家が悪い」とかで、談志師匠が欲しがっている答えじゃなかった。談志師匠は口には出さないけど、(それは俺が知りたい理由じゃない)って感じで、「お前は? 他は?」って指名していた。俺は前座で答える立場ではなかった。談志師匠と目が合った。だから、(何か言わなきゃいけないのかな)と思って、

「飽きているんでしょうね?」

って、言ったら、談志師匠が驚いた顔をして、

「……はぁ?」

って、言った。だから、俺は続けた。

「お客様は、立川談志を聴きに来ているんであって、で、談志師匠が演っていれば何でもいいわけですよ」

「何だよ、そりゃぁ?」

「談志師匠が気にしていることのひとつです……、僕もお客様も、談志師匠が演っている落語、好きなんですよ。ところが立川談志って人間は、自分の演ってい

る落語が気に入らない。

『俺はこんな筈ではなかった。もっと出来る筈だ』

今、仰ったように、

『ウチで稽古しているときはもっとやる気があった。こんなんじゃねえ、こんなんじゃねえ』

って、納得いかなくなっちゃったんじゃないですか？　だから、飽きちゃったんですよ」

一瞬で楽屋が凍りついた。きっとその場にいた誰もが、俺は談志師匠に罵倒されると思っていたはずだ。そうしたら、談志師匠が、

「……はぁー」

って、言った。続けて、

「そうですか？」

って、拍子抜けするくらいの馬鹿丁寧な口調だった。で、

「帰るわ」

って、帰り仕度をはじめて、

「楽太郎《おまえ》に小言言われたから、帰るわ。……参ったなぁ、おい。はっはぁー」

眼は笑ってくれていましたけどね。（前座の立場でこんなことを言って良いの

か?)と云う逡巡が無いのは、談志師匠が大好きだったからだ。まあ、これをキッカケに談志師匠が俺を可愛がってくれたのは確かだった。だから、談志師匠が『落語立川流』を創設したときに、ウチの師匠が親孝行ならば、逆の親孝行だと感じた分析も出来た。自分の弟子が、真打昇進試験に落とされたって言うけどさ、落語界を活性化させるための話題作りなんだ。師匠の小さん師匠に対する最大の親孝行は、落語界が活性化することでしょう?

で、「弟子から、金取る」って聞いた時にウケたね。と言うのは、俺が、『欠伸指南』を演っているときにね、談志師匠が聴いていた。日本舞踊とか茶道とかに家元制度と云うものがあるじゃないですか? それで、『欠伸指南』の中で、「これは、小道具として使う扇子で、これは後程お買取りを願います。今日は、はじめてのお稽古ですのでお貸しいたします。それから、これが稽古本でございまして」

ってね、工夫をして、いろんなものを噺の中で売っていた。そうしたら、談志師匠が、

「楽太郎《おまえ》か? 『欠伸指南』で金取るのは?」

「はい」

「取っちゃダメだ。欠伸を教えようって奴なんだからね、ヘンな奴なんだよ。だ

から、そういう現実的に金を取るなんて絶対にダメなんだよ。なあ、そう思わないか？　欠伸を教えようって奴だよ。怪しいんだよ、ね？」

「じゃあ、ロシアのスパイですかね？」

「そういうことだ」

　全然、話が合ってないんだけど納得するの。

　それで。「芸事で金取っちゃいけねぇ」って言っていたのに、（あれぇ？　自分の会派は金取るのか）って、矛盾を感じたけど、面白《おもしれ》ぇから、俺は二万円払って、落語立川流のBコース［＊4］に入った。談志師匠の目の前で二万円出して、

「Bコースに入れてください」

　すると、談志師匠が、

「何でおまえBコースに入りたいんだ？」

「いやぁ、名前が欲しいんですよ、立川の」

「……それで？」

「で、『ひとり二人会』演るんです」

「えっ？」

「『立川何某《なにがし》』と、『三遊亭楽太郎』の『ひとり二人会』なんです。で、立川流の名前の時には、汚ったねぇ着物でね、それで呂律《ろれつ》がまわらなくて下手くそに演る

［＊4］立川流Bコース　立川談志が設立した落語団体〝落語立川流〟。家元制をとっており通常の弟子はAコース、一般人でも金さえ払えばなれるCコース、そしてBコースは立川談志が認めた有名人であればなれた。もちろん入門金は必要である。

んですよ。それでね、三遊亭楽太郎の時には、華麗な柄の着物を着こんで、実に丁寧な名人口調で演ってね、この差を……」

「バカ野郎！」

そういうことを言うと喜んでいた。

「くっだらねぇことを……、それでおまえ二万円出すんだ。そういうのは好きだ、俺は。よし、お前、入れてやる」

って、言ってね。そうしたら、後日、葉書が来た。

「命名、三遊亭楽太郎こと立川談次郎。どうだ？　いいだろう？」

って、書いてある。

他の現役の落語家で、立川流のBコースに入った者は居なかった。と言うか、家元と洒落が通じ合う落語家は居なかったことが、俺の自慢だ。

で、同じ年に俺もはじめて弟子をとった。師匠（五代目圓楽）に、

「弟子になりたいってぇのが来たんですけど、いいですか？」

って、言ったらウチの師匠は、

「ああ、いいよ、いいよ、とりなさい。……人が多いほど、どうなるか分からないし、芽が出るかどうか分からないけれど、やってみなきゃ分かんないんだか

ら」

「底辺は広い方がいい」って、言っていましたね。一番弟子には、『三遊亭楽《らっ》京《きょう》』［＊5］と言う名前を付けたんだけど、二つ目で廃業した。今は放送作家の石田章洋《あきひろ》がそれだった。

で、二番弟子で二つ目まで修業させた『三遊亭楽大』［＊6］の現『伊集院光』は、これはウチの師匠の弟さんの紹介で来たんですよ。（ずいぶんデブな奴が来たなぁ）と思ってね。その日サウナに行く日だったから、

「おまえもサウナ一緒に行こう」

って、で、

「何キロあるんだ？」

「百キロです」

「はぁー、それくらいあるんだろうな」

で、サウナに台貫《だいかん》があったから、

「乗ってみな」

「……いいえ」

って、もじもじしている。

「いいから、乗れよ」

［＊5］三遊亭楽京　本名石田章洋。楽太郎時代の円楽に入門したがその後廃業し放送作家に転身、「世界ふしぎ発見！」などを担当している。

［＊6］三遊亭楽大　楽京に続き楽太郎時代に入門、その後ラジオパーソナリティの〝伊集院光〟として有名になり落語家を休業。テレビ等で活躍中。

って、乗ったら百二十キロあった。うーん、デブの二十キロは、見た目じゃ分からないね。で、普通に器用でしたよ。声も良かった。

入門から五年目で、第十七回NHK新人落語コンクールの本選に俺が教えた『子褒め』で出場した。他の出場者は、修業年数が十年以上の中で、ですよ。楽大の噺家人生は順風満帆だったけど、あるラジオ番組のオーディションの巡り合わせが運命を変えてしまった。

楽大がニッポン放送の面接に行って、フッとスタッフの机を見たら、NGが書いてあった。こういう奴はダメというリスト。その中に、「落語家」って項目が入っていた。その頃の落語家の印象はね、「いよっ！　はっ！　ヨイショ！」ってうるせぇだけなんだよ。圓鏡（八代目橘家圓蔵）さんがいけないんだよ。アハハ、シャレですよ。とにかく落語家は、煩《うるさ》いだけだって、ラジオのディレクターから思われていた。で、落語家って書いてあった。今もそうでしょ？　高座がしっかり出来ない噺家は、皆、煩いだけ。（あっ、落語家はダメなんだ）っていうんで、急きょ、伊集院静さんのことを思い出したのか、『伊集院光』っていう芸名でもって、「ピン芸人です」って嘘をついて、面接は通っちゃった。で、このラジオ番組で、ピン芸人の『伊集院光』は爆発的に人気が出てしまった。それとラジオに専念することについては、もう一つ理由があった。

その時に、ウチの師匠が『若竹』を閉めることにした。師匠は、本拠地の寄席を閉めるについては、「皆を真打にして、逆に景気づけをしよう」って思ったのか、その時は弟弟子で新参者の愛楽まで真打候補にした。

余談だけど、愛楽は若竹閉鎖を契機に入門後四年で真打になった。それは、当時スピード出世と言われていた志ん朝さんより早い。当人はバカにされると思って、それを話題にもしなかったけどね。

だから、楽大（伊集院光）も、真打になるには五年ぐらいのキャリアしかないので、「真打昇進は恥ずかしい」って言って来た。それに、ラジオで人気も出ちゃったからね。それで、

「楽太郎師匠。落語家を廃業してもいいですか？」

って、言って来た。廃業すると二度と戻れなくなるので、

「いいや、休業にしな」

って、言った。休業して、やりたいときに、やればいい。この間会ったときも、

「俺はお前をクビにしてねぇんだから、お前だって『元弟子』って、言っているけど、元《もと》じゃなくて、今も弟子でいいよ。落語演るときは、落語家の名前じゃなくて、伊集院光で演ったっていいし、落語が出来るタレントだっていいんだ」

って、言ってある。

圓生師匠が亡くなったあと、とにかく城をということで、先代は自分たちの自前の寄席を、その頃の金額で三億円を突っ込んで、東陽町に『若竹』を作った。三億といっても、借入金があるから、それを返すために、ウチの師匠は講演の仕事を始めた。八十年代は、落語家にとって冬の時代だった。落語会の仕事は少なく、講演会の仕事が多かった。バブル経済って奴の変な現象だった。ウチの師匠は、

「寄席を作るためになぁ、あたしゃぁ借金返すために働き過ぎて……、それも、落語演らなかったからなぁ、怠けたからなぁ」

っと、言っていた。ウチの師匠の心理で面白いのは、『若竹』を開いた借金を返すために講演の仕事で落語が出来ないジレンマと、こんなことなら早く借金を返済して落語の仕事だけやりたいジレンマの板挟みにあっていたことだ。だから、落語の修業に関しては、『若竹』を潰してから、取り返していたような気がする。本当にウチの師匠は、思いつきと直情径行と喧嘩っぱやさと、開き直り、それは凄い。凄く大雑把。だけど、大雑把だけども、思いついた構想を語って通して行けるだけの力があった。孤立無援でもやって来た。『若竹』を作った時

に、弟子を多くとりはじめた。弟子の名前、あとで気がついたんだけど、若楽《わからく》、竹楽《たけらく》、とん楽、洋楽《ようらく》、長楽《ちょうらく》と、頭の一文字をつなげると『若竹東陽町』なんですよ。で、結局四年で、『若竹』は閉鎖となった。この『若竹』の設立と閉鎖に、師匠の行動力の大きさが表れていたと思う。

ネット上の記事には、「若竹の閉鎖は、経営難のため」って書いてあって、ウチの師匠は「弟子に（寄席を）作ったって、勉強しねぇから」ってね、言っていたんですよね。でも、ちょっと、俺はそのことについては、異論がある。

師匠の発言の正しい部分は、

「昼間は通常の寄席のように定席《じょうせき》でもいいけど、夜は貸席にするから、おまえら勉強しろ。独演会を開け」

と、言うことだった。当時でいうと、『若竹』を維持出来る売り上げは計算出来た筈だった。

ともかく、ウチの師匠は、金は持っていたから、三億円を借りて『若竹』をオープンさせて、七年で返済している。ところが、『若竹』は四年で閉めている。閉めた後も、働いて借金を返しているんだけど、「弟子が勉強しない」ってのは、弟子に対して喧嘩売っているようなものだ。これは税理士の入れ知恵だったと思う。簡単に言うと、世間に対して「寄席を作って立派に経営してみせる。修業の場にしてみせる。経営難でも辞めない」って公言していた師匠が、四年で寄席の経営を放り出したくなった。ウチの師匠一流の開き直りだ。そこで、弟子の不勉強のせいにして寄席を辞める理由をさがしていたんだと思う。

　その時に、俺はね、ぜん馬やなんかと相談して、「じゃあ、営業権を買おうか？」って言った。ぜん馬は、

「どうするんだい？」

「だから、『若竹』の営業権を買うんだよ。それで、まだ俺たちが続けるんだよ」

「金はどうするの？」

「金なんか借りりゃいいんだよ」

「借りれるか？」

「生命保険の担保で……。営業権を購入する経営陣は、全員生命保険に入る。で、掛け金を掛けながら、それで金を借りて、それをベースにして、あるいは銀行に何の担保でも、親の生命保険でもいい。各々が例えば一人三百万出せば、演者が三十人いれば九千万になるんだ。株じゃないけれど、そういう出資の仕方をして、営業権を買うんだよ」

　このアイデアを早速ウチの師匠に話したら、師匠はね、

「生意気なことを言うなぁ！　手前《てめえ》は、そういう知恵ばっかりで、浅はかだ！」

つまり、痛いところを突かれたんだろうね。師匠は、「寄席を辞めない」って言い方をしていた。そこで、俺が「寄席を辞めないで、営業権を買って我々で続ける訳にはいかないんですか?」って言った。そうしたら、「弟子が不勉強だ」って理由が潰れちゃう訳だからね、師匠の頭の中では「浅はか」ってことになっちゃった。(じゃあ、いいや)と思った。

『若竹』を閉めるときに、皆でそろって、楽松兄さんが挨拶をはじめた。

「これから皆離れ離れになるけれども……」

これを聞いて、俺がキレちゃった。

「そうじゃぁ、ねぇんだよ! 兄さん、離れ離れになっても、皆で頑張ろうね。って、……離れ離れになって、皆、別々に演ったら、これは一門でも何でもないじゃねぇか! 団結して頑張ろうだよ!」

って、言った。頭に来たから、その足で永谷さんに行って、

「『両国寄席』、貸してくれ。安く貸してくれ」

って、交渉をしたんだ。もう間を置かずして、『若竹』が潰れて僅か三か月後ぐらいで、『両国寄席』をはじめている筈だ。それから、もう二十数年間、『両国寄席』はウチの一門で続けている。

『若竹』は、平成元年十一月に閉鎖した。その十数年後にウチの師匠に大きな異

変が訪れている。

最初の脳梗塞の兆候は、『笑点』の司会の最中だった。二問目でわぁっとウケたところで、

「笑点、また来週」

って、言っちゃったんだ。歴代の司会者は、皆、よくやる笑いをとる方法だったけど、ウチの師匠は、そういうところ不器用だからね、(これはおかしいな)と感じはじめた。二十四時間テレビでも、中継が入るときとかね、段取りごとはダメだった。小遊三さんと俺が、そのコーナーだけ演ったりした。フロア・ディレクターの秒読みが終わっているのに、

「徳さぁーん! 徳光さん!」

って、話しかけたりね。元々アドリブが出来ない人だった。だから、なるほど『笑点』のね、一回目の司会はウチの師匠で、評判が悪くて回答者にまわされたってのは分かりますよ。不器用だからこそ、謎かけも出来ないしね。だから、

「噺家って言うと、すぐ『謎かけを演れ』って、ふざけんるんじゃねぇ!」

って、よく怒ってた。それと、

「あたしは『狸』だとか、なんだぁあの、『たいこ腹』だとか、テーマの無い噺

は嫌いだね」

テーマが無いから嫌いなんじゃなくて、自分が上手く出来ないから嫌いなんですよ。それで、『笑点』の最中に林家たい平の名前を忘れた事件で、元々の不器用なところじゃなくて、脳梗塞の影響だってハッキリしてきたんだ。引退した後は、顕著になっていた。しばらくぶりに来て、……引退会見だったかな？

収録前に小遊三さんが楽屋で、ウチの師匠に挨拶してくれたんだ。

「ご無沙汰してます。小遊三です」

「そんな顔を出さなくたって、おい、お止《よ》しよぉ。よく見ているよ、あたしゃぁ、好きだぁ、あんたのこたぁ」

って、言っていてね。記者会見で、

「え～、あたしゃぁ、皆の名前を言えますよ。ウチの楽太でしょ？　好楽、ねえ、木久扇、歌さん、えー、それから、たい（平）ちゃん、えーと、あと、誰だっけ？」

「ほーら、忘れやがった」

って、小遊三さんが、

「あんなにふったのに」

って、ぼやいていた。

ウチの師匠も、「もう声も出ねえし、引退だ」って言ってた頃から、おかしくなって来ていた。それでね、国立演芸場の一門会を、年にあの頃は二日間演っていて、ウチの師匠には、

「鼎談《ていだん》でもいい。あるいは随談《ずいだん》でもいいし、何か喋っていたほうが良いですよ。是非ゲストに出てくださいよ」

って、言っていた。

「そこまで言うんだったら、じゃあ、出るか出ねぇか分かんねぇけど、とりあえず行こうか?」

って、言ってくれてね。それで、スーツを着て来て、

「釈台出してなぁ、それで、釈台でもテーブルでもいいから出して、椅子を置いてくれ。椅子に座って喋るから」

「はい、そうですか」

「おいおい、ちょっと楽太、ここに来て」

「はい」

「あの、ほら、あたし演ってんだろ? あの、よく、まくらで。あの、あの新潟のほら、白鳥が飛んで来るところ」

「瓢湖《ひょうこ》ですか?」

「瓢湖を思い出さないといけねぇから、紙に書いて、テーブルに貼っておいてくれ」

煙草をポーンと捨てたら、白鳥がすぅーっと離れて行って、『吸わん（スワン）』ってだけの洒落なんですよ。よく演っていたでしょう？　あれを演るのに瓢湖が出て来ない。

それと、『芝浜』でダメになる前に、国立演芸場の復帰高座で『鼻利き源兵衛』［＊7］を演ったんですよ。でもボロボロだった。それで師匠に、

「師匠、なんであんな噺なんか出したんですか？」

って、訊いた。師匠が元気な頃にはとても訊けない口調でね。

「だって、ああいう噺だったら、みんな知らねぇだろう。皆知らなきゃ、間違えたって分かりゃしねぇんだから」

「皆、知らねぇからこそ、あれでしょ？　自分が間違えちゃうんだから。演り慣れた噺が、一番いいんですよ」

って、弟子から小言を言ったら、

「うるせぇなぁ」

って、言っていた。作戦ミスってことに気がつかない。（誰も知らねぇ様な噺を演ればね、世間は分かんねぇ）って、逆なんだ。よく知っている噺なら、自分も知

［＊7］落語の演目『鼻利き源兵衛』　源兵衛という男、自分の鼻は何でも嗅ぎ付けると自慢し、実はひょんなことでありかの知っていた失せ物を探し出したふりで大店から金を稼いだ。さらには京都の御所に賊が入り盗まれたものを探してほしいと頼まれ京都へ行くとこれも偶然に見つけてしまい大金をもらうという噺。

っているから、出来る筈なんだ。で、自分も滅多に演らなかった噺なんて、そんなものをいきなり演ろうたって、ダメですよ。それで引退を懸けた『芝浜』でもね。終演後に、皆、楽屋で、「引退しなくても大丈夫だと思います」って、慰めていたけどね、

「納得いかねぇ。ダメだ」

って、嘆いていた。そして、二人のときに静かに言った。

「楽や、圓楽は譲るよ。圓生師匠が亡くなった時に約束した、……憶えているだろう。今、その時が来たんだ」

第七章 「談志師匠、時代を埋めたいんです」

ウチの師匠は俺の六代目円楽襲名を待たず、平成二十一年十月二十九日に亡くなった。「襲名の時に一緒に並ぼう」と、楽しみにしてくれていた師弟二代の圓楽の揃い踏みも、直前にして叶わぬ夢となった。

ウチの師匠は長期入院の末に病院で息を引き取った訳ではない。長男の家で亡くなられた。懸命に生きた人間の最期としては、家族に看取られ、長男の家で……とても、幸せなことだ。実は亡くなる二か月ほど前、九月三日の圓生師匠の命日でお墓参りに行った後、俺の倅で弟子の一太郎［＊1］を五代目に逢わせたんだ。永隆寺から車に乗せてウチの師匠の自宅にね。ウチの師匠は、まだ元気だった。

「楽太郎《おまえ》、聞いとくれよ。歩いていて、脚が痛てぇんだよ、先週から。それで、昨日ね、医者に行ったんだ。そうしたらね、骨折しているんだって、両足首」

［＊1］三遊亭一太郎　六代目円楽の子。平成21年楽太郎時代の円楽に入門、前座名一太郎。24年同名にて二つ目に昇進、現在に至る。また声優〝会一太郎〟としても活躍中。

「えっー！」

「いや、階段からちょっと何段か落《お》っこったんだよ。『ドーン』て、突いちゃった」

「それ、痛いだけで一週間も歩けたんですか？」

「うん、何かね、腫れてきたから、おかしいなと思ったけどね」

（どんだけ、鈍感なの）と思うよね。（最後までウケさせる人だなぁ）と思ってね。それで、

「今から孫が来るから、おまえら、もう、帰っとくれ」

って、言ってんの。もう、一番大事なのは、落語でもなければ襲名でもない。お孫さんが可愛くて……。だから、あんな好々爺になった師匠を見て、凄く寂しかった。若いときはいつも怒ってたね。

「手前《てめえ》なんざぁ、勝負してやる！」

って、言っていた師匠が、ドンドンドンドン丸くなっていっちゃって、ニコニコしちゃってねえ。「名前継げ」って言ったときもそう。だって、記者会見の写真を撮る前に、

「おい、握手ぐらいしようよ」

って、そういうことを言う人じゃなかったのに……。そう、俺はずぅーっと師

匠に、楽太郎じゃなくて、バカ太郎って呼ばれていたんだ。師匠が元気だった頃の凄いエピソードがある。

それは、『笑点』の収録の楽屋で起きた。ウチの師匠がすぅーっと近づいてきて、肩越しにいきなり、

「お前《めえ》は、明智光秀だな」

って、あの低くて野太い声で言ったんだ。俺はびっくりして、

「ちょっと待ってください。どういう意味ですか？」

「いつか俺を裏切るよ」

って、言う。亡くなる五年ほど前だから、本当に最晩年まで尖っていた。師匠は、重ねて言った。

「お前は明智光秀だ」

こうなると俺も言い返さないとならない。

「ちょっと待ってください。あたしが明智光秀だとしましょう。そうすると、師匠は信長ですね？」

「……そうだよ……」

「じゃあ、あたしはね、……秀吉ですよ。藤吉郎から仕えて……。〝猿〟って言

われて、鞄持ちからやって、ここまで来たんだから、あたしは秀吉ですよ」

って、反論したら、ウチの師匠がずっと考えて、

「……ウチから、天下人の家康は出ないね」

って、言ったんだよ。その答えは事前に用意していない訳でしょ？　あたしに対して、「お前は裏切り者になりそうだから、俺は嫌いだ」って直情的な言い方をした。それであたしが秀吉だという反論に、自分で考えたサゲがね。

「ウチから、天下人の家康は出ない」

これは凄いサゲですよ。「まだまだお前《めえ》らは、みんな小物だ」って、言い放って、自分だけ天下人で京に上ろうとした信長になっちゃうんですから。巧《たく》まないで、そのことをね、言ってしまう凄さ。散々ここまで「不器用だ。不器用だ」って、書いたけど、その不器用な人がね、凄いサゲをつけたからね、（お見事！座布団、十枚！）って、思わず心の中で言いましたよ。

で、その頃の師匠は、俺に対しては、

「お前は何だ！　お前でなければ出来ない仕事があるのか？　お前でなきゃって、仕事があるのか？　楽太郎って自分の名前の看板で、何かやってるのか？」

って、散々言っていた。

「てめえは、バカ太郎だ！　ちょこちょこした茶坊主じゃあるめえし、『忙し

い。忙しい』って言うだけで」

そんな小言ばっかり食っていたのが、円楽襲名が決まって、様々な段取りを決めて、ウチの師匠に、「こうなりました」って長い報告をしたときに、感心したかのように、

「お前《めえ》も、少しは〝らしく〟なったじゃねえか」

って、言われた俺は、師匠の家から出たときに涙が出ていた。嬉しかった。

（やっと認めてくれたか）……これが、最後に誉めてくれたと、その幸せを噛みしめていた。


師匠の訃報を俺は北九州で聞いた。ウチの師匠の御宗旨と一緒の浄土宗の九州教区の檀信徒会。その大きな法要で、俺は落語で呼ばれていた。翌日に、『博多・天神落語まつり』［＊2］に入る予定だったので、その仕事は随分前に引き受けていた。

『博多・天神落語まつり』は、俺がプロデュースしている落語会で、東西の協会や派閥の垣根を越えた一大プロジェクトだ。この年に三年目を迎え、新しい落語イベントとして、今後大きく成長して持続出来るかどうかの正念場を迎えていた。


［＊2］博多・天神落語まつり　六代目三遊亭円楽がプロデュースした落語イベント。福岡・博多の街に東西の人気落語家を集結させ落語を楽しんでもらおうと企画したもの。平成19年にスタートさせ年ごとに規模も大きくなり現在まで続いている。毎回天神近辺の数カ所で数日間にわたって様々な落語会プログラムが組まれている。

昨年、一昨年と俺はウチの師匠にもこの大イベントのことをよく相談していた。俺が強く世間とウチの師匠に訴えていたのは、「しがらみや過去の経緯に縛られることなく、演者も客も純粋に落語を楽しめる会にする」ことだった。それは、「落語協会分裂騒動」を経たウチの一門の過去を強烈に意識したコンセプトだった。師匠は孤高の人だが、俺は全方向の外交をしたい。それを力説するたびにウチの師匠は眼を細めて、あれこれと誉めてくれた。もしかしたら、『博多・天神落語まつり』の宣伝をするためにウチの師匠は、己の命の炎を消す日を選んでくれたのかも知れない。

なぜなら、ウチの師匠の訃報でマスコミ各社がインタビューをとりたい有名な噺家や、『笑点』メンバーは、博多に集まっちゃうからだ。インタビューの後ろには、『博多・天神落語まつり』のポスターが、ぼちぼち写り込んでいる。プロデューサーの俺も、休むわけにはいかなかった。ウチの師匠の長男の寛家《ひろいえ》さんに電話して、

「こんな状態だから、帰らないよ」

「勿論、結構です」

「俺が帰って、師匠が生き返るなら帰るけど……。『楽太郎は、冷てぇ』って言う奴がいるならね、『冷てぇ』って言わせておけばいいから。だって、俺が帰っ

たって、生き返る訳じゃねぇだろ？　師匠だってね、『ちゃんと、おまえ、やれ』って言うだろ？　生きていればね。……それで、通夜やなんか決まったならば、教えてくれな」

「分かりました」

俺が東京に戻ることは、師匠は「よし」としない筈だ。あんなに仕事、仕事、仕事で、ワーカホリックになった人だったから。また、落語、落語、落語の人でもあった。

「落語家はなめられちゃいけない」

「落語をちゃんとしなきゃいけない」

と思っていた人が、「戻ってこい」とは言わない。（しょうがない、ご縁のものなんだから）と、俺は翌日に博多に移動した。

師匠が命がけで宣伝してくれた『博多・天神落語まつり』は、大盛況の内に幕を閉じた。その終演後の打ち上げの直前に、寛家さんから電話が入った。通夜、告別式、火葬とすべての日程が、俺のスケジュールの隙間にピッタリと合うように決められていた。まるで、俺の都合に合わせたかのような奇跡があった。

そう、やはり俺と師匠とは、縁があったのだ。

そういうご縁を、もう一つ感じたのが、九年後の歌丸師匠だった。

歌丸師匠のお通夜にも間にあった。俺は、その時に長野に行っていた。普通だったら、その日に通夜でしょ？　申し訳ないなぁと思っていた。こんなにお世話になったお師匠さんのお通夜に間に合わないと思って、東京に帰って来た。ところが、遺族の方にうかがったら、

「お通夜は、家族でやりたいんですが、円楽師匠だったら、家族同様ですので……来てください」

って、言って頂いた。で、今度は、椎名家［＊3］の本葬も、これまた間に合った。

「これは椎名家としてやります」

と言っているから、俺たちの都合は後回しの筈だったけど、俺は僧侶として初めて法衣を着て間に合った。

さあ、今度は歌丸師匠の告別式。本葬ではなく、今度は告別式。横浜のお寺で行われた。その告別式は、午後二時に開式だった。これは、歌丸師匠とのご縁が、もっとも俺に都合を合わせたとしか思えない。と言うのは、その日は、『横浜にぎわい座』で俺の独演会だった。（歌丸《おじい》さん、卑怯でしょ?）と、思ったんだ。「お前は、午前中に俺に手を合わせて、で、にぎわい座に行け」

［＊3］椎名家　桂歌丸の実家。桂歌丸は本名・椎名巌（しいないわお）。

って、ね。生前は『にぎわい座』の館長だった歌丸師匠が、天国から言っているようだった。

「俺の葬儀はこっちでやっているから、お前《めえ》はそっちで、きちんと独演会を演っていろ」

って、云う、凄いご縁だと感じた。つくづく自分の本当の師匠である五代目の圓楽と、育ての師匠である初代歌丸と、お別れのタイミングがすべてシンクロしていく凄味を強烈に感じる。それだけに俺は、逆にゾッとした。それに加えて、俺が大好きだった談志師匠も、俺が六代目円楽を襲名したときに、当人が在命中の最後に出た公《おおやけ》の場にしてくれた。今思うと、談志師匠は襲名披露の新橋演舞場に来て頂いた頃が、声を出せると云う意味では、最晩年の一番元気な頃だった。あれから、ちょうど一年で声帯を手術で取ったと聞いている。自分贔屓で、極端に思うかも知れないけど、俺はつくづく落語と落語家にご縁がある人生を歩んでありがたいと思っている。

話はウチの師匠のお通夜が終わったあとに戻る。フッと、もの悲しくなって談志師匠に電話をした。

「明日、葬式が四時ぐらいに終わって、もう、骨上げも終わって、身体が空くんです。夕刻、根津へお邪魔してもいいですか?」

「何しに来るんだ?」

って、言うから、

「……時代を、埋めたいんです」

って、言っちゃった。「埋めたいんです」って、そんなよく意味の分からない口を利いたんだけどね、

「……分かった。空いている奴で、俺の話を聴きたい奴が居たら、来ていいぞ」

って、それで、圓橘《えんきつ》さんと、ガラ（賀楽太、楽之介の前名）ちゃんの楽之介《らくのすけ》と全楽を乗せて、タクシーで行った。

「こういうことだから、行くかい?」

って、訊いて、何気なく側に居る奴をたくさん誘った。

「おお、行く、行く」

って、談志師匠の家でもって、

「圓楽は、重い荷物を背負い過ぎたなぁ」

って、ウチの師匠の話をしてくれて。

「俺なんぞは、師匠（五代目柳家小さん）と喧嘩して飛び出しただけだから。お前の師匠は、あんなに良い師匠（六代目三遊亭圓生）を担いで、最後までな、孤

高でもって戦って、全《ぜん》さんもなぁ、病に倒れてなぁ……」

って、いろんな話をしてくれたんだけど、話している途中で気がついた。文都《ぶんと》[＊4]が、その時に死んでいるんだ。ウチの師匠と同じ日にね。それで、思い切って談志師匠に言ってみた。

「そう云えば師匠ね、文都も、ウチの師匠と同《おんな》じ日に死んでいるんですよ」

「そうなんだよ、あの野郎」

「今日ね、文都を偲ぶ落語会が、それこそ圓生師匠が亡くなった習志野の文化ホールであるんですよ」

「ああ、そうかぁ、行ってやろうかなぁ」

「行きます？ じゃあ、俺、タクシー止めて来ますよ。俺、ついて行きますよ。お付きで行きますよ」

体調が優れないから家に居たい談志師匠を引っ張り出した。師匠も、ウチの師匠と自分の弟子の不思議な縁に動かされて、行く気になってくれた。

「ああ、じゃあ、タクシーを拾って行きましょう」

って、言って、二人でタクシーに乗った。で、携帯で志の輔[＊5]に電話かけた。

「今から、談志師匠を連れて行くから」

[＊4] 立川文都 六代目立川文都、昭和59年七代目立川談志に入門し、大阪出身であることから立川関西で前座、平成10年真打に昇進し六代目立川文都を襲名。平成21年逝去。本文の通り同日に五代目三遊亭圓楽が亡くなっている。

[＊5] 志の輔 立川志の輔。明治大学を卒業後就職をしてから、昭和58年七代目立川談志に入門、前座名志の輔。59年同名にて二つ目。平成2年志の輔のまま真打に昇進した。テレビ・タレントとしての活躍も有名だが、毎年1月の〝志の輔らくご〟公演は大変な評判となっている。また、独自の落語解釈による古典落語、さらには創作落語のクオリティの高さもゆるぎない。

「えっ⁉」

「『行く』って言うから。俺、談志師匠のところに居たんだけど、で、今、タクシーに乗っている」

「(志の輔)ぅう、分かったぁ、分かりましたぁ」

向こうは、蜂の巣をつついたような騒ぎになってる。で、談志師匠は後部座席で、

「小便《しょんべん》！」

「はぁ?」

「小便！」

「運転手さん、ちょっとコンビニに突っ込んでくれる？　談志師匠が小便したいんだって」

それで、コンビニに寄った。そうしたら、店員も店の客も皆、談志師匠と俺を見ている。店員が、

「ありがとうございます」

って、談志師匠は、何も買い物していないのにね。それでまた、タクシーに乗って、談志師匠が、

「楽太、おまえ、何で、こうやって、俺のところに来るんだ?」

「好きだから……」

って、言ったら、短く黙っちゃってね。

「……ぁあぁあぁあぁあ、はぁぁぃ、ありがとう」

って、言っていた。それ以上の言葉は、無いと思う。

それで、帰り際に志の輔に、

「タクシー代を出せよ」

って、言ったら、志の輔はポケットをまさぐりながら、

「幾らかかったんですか?」

って、言って来たから、

「そうじゃないよ、俺はこれで帰るから、談志師匠を送り届けて。談志師匠が高座を降りたら、帰るから。帰りは俺がまた送ってもいいけど、おまえがタクシーで送れ。打ち上げがあるんだったら、タクシーを呼んで、誰か前座をつけて帰せ。帰りのタクシー代は、お前が出せ。行きは俺が出してやる、文都への香典で」

「ありがとうございます」

で、談志師匠の前で、

「師匠、明日も早いので、失礼します。ウチの師匠の思い出話、ありがとうござ

いました」

「うぅ、だなァ。楽太、ありがとう」

談志師匠がお亡くなりになる前年の三月、俺の六代目三遊亭圓楽襲名披露も、談志師匠は新橋に出演してくれた。何だかんだと、ウチの師匠の逝去、俺の圓楽襲名と、全部お世話になった。ほぼ一年がかりの襲名興行だったから、一息ついたときに、談志師匠の倅さんの慎太郎［＊6］さんに電話をした。談志師匠に御挨拶がしたかったからね。そうしたら、

「……今、ちょっと会えない状況です」

って、今から思えば、正直に話してくれた。ただ言葉少なだったから、俺は余計なことを言ったと思う。

「……いやぁ、未だ声が出るんでしたら、『博多・天神落語まつり』にも、出てもらいたいし……」

「……はぁ、……ちょっと入院しているので、……退院したら……」

（ああ、そうか）って、思った。もう二度と会えない予感がした。

「じゃあ、退院したらゆっくり御挨拶に伺います」

って言って、電話を切った。それで半年後に会ったときは、「お別れの会」で

［＊6］慎太郎さん　松岡慎太郎。七代目立川談志の長男。現在は立川談志の演じた作品などの管理運営等を行う事務所〝談志役場〟を経営している。

遺影と会ったときだった。

『謝りたい人がいます。』って言うテレビ番組で、墓参をし、本当に可愛がってもらった談志師匠にお詫びを言った。その番組でも、襲名披露でも言ったんだけど、ウチの師匠に対するコメントは、談志師匠は一言もなかった。誰も聴いていないでしょ？　マスコミの誰もコメントを取りに行っても、答えてくれなかった。

（何でかな？）って、思った。それは、後年、俺が歌丸師匠の訃報の際に理解出来た。思い出が多すぎちゃって、何処を切り取ってもダメなんだ。つまり、圓楽・談志の二人には。二人の思い出は。軋轢もあったかも知れないけれど。恨みもあったかも知れないけれど。だから、本当に腹から分かっていると、言葉が無くなるんですよ。談志・圓楽って、そういう関係だったんだろうね。

だから、ウチの師匠が最晩年に談志師匠と逢ったときもそうだった。ウチの師匠が背筋を伸ばし控室のソファーに座って、両足の間に突いていたステッキの頭を包み込むように両手で押さえていた。そこへ談志師匠が来て、病気で掠《かす》れた声で、

「……おっ、全《ぜん》さん」

ウチの師匠は、大きく頷《うなず》くと、談志師匠が、

「ダメか？」

って、言った。ウチの師匠はゆっくり腕をめくって、口を利かず透析の痕を見せると、談志師匠が、

「ダメか！」

で、ウチの師匠が目をつぶって頷く。何も言わない。

（この二人は、こういう人たちなんだ。言葉なんて要らないんだ）と思った。二人とも、喋ることで世に出た名人なのにね……。

師匠・五代目三遊亭圓楽の死から五か月後、俺の六代目三遊亭円楽襲名披露がはじまった。圓楽の〝圓〟の字は落語界では旧字体をよく使うが、俺の場合は思うところがあり、〝円〟の字を使って円楽と名乗っている。五代目圓楽一門会の中ではじめて襲名披露興行を、落語芸術協会の定席興行で行わせて頂いた。勿論、当時の落語芸術協会会長の桂歌丸師匠の計らいだった。何でもかんでもやらせてくれた恩人だ。「これは、先代の披露目でもあるんだよ」って、よく言われたのを思い出す。

東京の寄席で俺の襲名披露を演ると、歌丸師匠が根回しをしてくれて、各席亭がＯＫを出してくれた。勿論事務所が事前に準備をしてくれていたのもあって、

俺のスケジュールが空いてたのも結果として良かった。で、ちゃんと披露興行はすべての日程を務めた。新宿でも浅草でも、今までの披露興行の一番の大入りとなった。それは自慢だ。俺自身驚いたのは、末廣の楽屋にテレビ局が用意してくれたハイヤーで乗り付けようとしたら、凄い行列が出来ていて停車出来なかった。（何の行列なんだろう）って思った。楽屋口のほうまで並んでいるから、

「すいません、運転手さん。右へ曲がって大通りのほうまで、あの、あそこの間から」

って、新宿の末廣近くは、やり過ごして、コメ兵の間から入って来た。それで、

「おはようございます。……何の行列ですか？」

って、言ったらね。

「お前さんの披露目のお客さんだよ」

って、歌丸師匠に言われた。

「ディズニーより並んでいますね」

「バカ」

常に軽口を言えた師匠だ。

ただね、寄席の中で一か所だけ、上野・鈴本演芸場だけが俺の襲名披露公演を

許さなかった。俺も、正直甘く見ていて、東京の寄席・四軒の中の三軒が、落語芸術協会の分裂騒動を引き起こした歴史を持つ五代目圓楽一門会の襲名披露を許しているのだから、（大丈夫だろう）と思い込んでいたのだ。もともと、落語協会の興行しかやらない上野・鈴本の特殊性もあったので、もっと警戒すべきだった。下話は、落語協会と落語芸術協会の両方の会長にしていたのだが、実現しなかった。あとから柳家権太楼さんが、良いことを言ってくれた。

「楽ちゃんの唯一の失敗ね、……鈴本の席亭に話を持って行っちゃえばよかった」

「……そうか」

（権《ごん》ちゃん、上手《うめ》えこと言うな）と思った。権ちゃんなんて言ってはいけない、先輩だから……。俺はね、その一言で（なるほど力関係か）と一発で理解した。鈴本でしょ？　だから、俺が事前に、

「一つだけ頼みがあるんだけど、十日間、休席してくんねえか？」

と。それで、俺の披露目をやっちゃう。で、どう出るかは分かんないけどね、そんな持って行き方もあったかな、と、後日談で思った。「さすがスンちゃん」じゃないけど、

「それ兄さん、早く言ってよ」

って、先に言ってくれれば俺だって策士だから、それなりのことはした筈だった。確かに五代目圓楽一門会の自主興行だったらさせられないけど、ただの貸し小屋だったら誰が演っても構わないでしょ？ そうすれば東京のすべての寄席で披露目が出来た。それが悔やまれた。しかし、悔やんでばかりもいられない。本来であれば寄席で襲名披露が出来ない筈の〝三遊亭円楽〟と云う名前の落語家をここまで引き立ててくれたのだから……。そして、円楽襲名から今日まで、俺を引き立ててくれた存在がある。俺だけじゃない、お世話になった歌丸師匠まで支えてくれた存在だ。

ウチの師匠が若いときに、気障なキャラクターの〝星の王子様〟が大いにウケた。本書でも冒頭から登場するウチの師匠のマネージャーの藤野さんは、〝星の王子様〟から由来して、『星企画』と云う名称の会社を作った。で、藤野さんはウチの師匠が亡くなり、会社を閉める決意をした。後は、当時俺の担当マネージャーをしていた植野という女性に、「任せた」と言って、この業界をあとにしたんだ。藤野さんは、ウチの師匠や談志師匠と、あの時代の落語を支えた同志だったから、仲間が次々鬼籍に入って本当に寂しかったのだと思う。
まだまだマネージャーとしては青臭い植野に、藤野さんは「やんな」って言ってくれて、『星企画』から円満と云う形で、『まめかな』と云う事務所を開いた。藤野さんからノウハウと云う名の財産をもらって、俺の披露目から今にいたるまでの十年間を支えてくれたし、何よりも東京の落語界に信用を作ってくれたことが嬉しい。

ともかく信用を得るために、『とっぱらい』と云う、演者の出演料は、出演日当日に現金で渡す風習を、頑なに守ってもらった。だから、苦労はしただろうけど、まめかなはこの十年で、女性中心の職場でありながら、「こんなに、働けるんだ」って、大きな評判と信用を得てくれたんだ。

当時、歌丸師匠は個人事務所で、ひとりでやっている事務所だったから、スケジュールがぐちゃぐちゃになっちゃったときもあった。その整理を植野がやってくれて、地方の興行やテレビラジオの出演番組、様々なところに信用を作ってくれた。俺のサポートをしながら、歌丸師匠のお世話もしてくれたことに感謝していた。それは、歌丸師匠は俺にとって、先の圓楽亡き後の十年の保護者後見だったからだ。

俺も乱暴だったかも知れないが、歌丸師匠は俺の素直な物言いを許してくれた。ウチの師匠とは違うタイプだ。ウチの師匠に俺は喧嘩をしようと思うときも

［＊7］『バールのようなもの』 立川志の輔が創作した落語の演目。清水義範の書いた短編小説をベースに仕上げたもので、隠居と八つぁんが会話する古典の形式にのっとりながら〝バールのようなもの〟の言い回しを応用して落語的ドタバタが展開してゆく。

あったし、腹が立って、（勘違いも激しいし、冗談じゃない）と思うこともあった。歌丸師匠とは、喧嘩しなかった。理路整然と説明すれば、分かってくれるから。で、噺の話も少し出来たしね。

例えば、歌丸師匠の六十五周年の会で、志の輔が『バールのようなもの』［＊7］を演ったあとで、俺が『行ったり来たり』［＊8］演ったんだ。「あれは、損だよ、楽さん、同じような根問い［＊9］だからね」と、言ってくれた。

先の圓楽師匠、談志師匠、歌丸師匠と、俺にとっては三大恩人の大先輩を並べると、三者三様の違いって云うのが面白くて堪らない。

ウチの師匠ってぇのは、「落語家が、なめられちゃいけない」……。落語家イコール自分のことだ。ホントのことを言えば「自分」が、人になめられないように生きてきたんだと思う。だから、声もデカいし、押し出しも強いでしょ？　あれは、狼と同じでね、防衛本能だ。

談志師匠は、「落語が、なめられちゃいけない」。歌丸師匠は、「笑点が、なめられちゃいけない。それでいて大喜利だけの芸人ではない」と云う感じかな？　三者三様で表すとすればね。

［＊8］『行ったり来たり』　桂枝雀が創作した落語の演目『いったりきたり』。元は上方風の言い回しで「いたりきたり」としてある。〝いったりきたり〟という名のわけのわからない存在を軸に人の視点や主観の不条理さを描いたシュールな噺。

［＊9］根問い　言葉の語源を根掘り葉掘り問いただすこと。落語では〝根問いもの〟というジャンルがあり、様々な言葉の語源を町内の知ったかぶりに尋ね続けるという噺がある。『やかん』や『千早ふる』など。

ウチの師匠は、ポジションと云うモノを強烈に意識していた。例えば、『若竹』を作った理由も、（席亭になめられたくない。自主運営が出来る筈だ）と考えていたのだと思う。談志師匠も、落語協会を飛び出したのは、その理由があるかも知れない。歌丸師匠は、まあまあ、穏便だった。芸協が好きで、席亭さんにもお世話になったと思っていたからね。

三人が三人とも、俺とは過ごしやすかっただろうね、俺が側に居ても。その都度空気を居心地よく変えていたから、俺が居て肩がこらなかったでしょ？　談志師匠の前に居たら、ずぅーっと談志師匠の話を聴いていられた。

談志師匠は独特の答えを求めて来る。それが顕著だったのは、晩年というか、……ネタだけど、あの「いつからが晩年だか、分からない」って、談志師匠が言っていたね。その晩年にあたる時分に、俺が運転して談志師匠を後ろに乗せていたら、談志師匠が、

「圓朝［＊10］は偉いのか？」

「なんですか？」

「圓朝は偉いのか？」

「いやぁー、わたし会ったことが無いですからね」

［＊10］圓朝　初代三遊亭圓朝。江戸末期から明治にかけて大活躍した落語家。多くの長編創作落語を生み出し落語中興の祖と呼ばれている。『牡丹灯籠』や『真景累ケ淵』『怪談乳房榎』などが有名、また海外作品の翻案として『死神』も圓朝の手による。さらにはこの圓朝の作品が明治文学の言文一致体に影響を与えたとも言われている。弘化4年（1847年）二代目三遊亭圓生に入門、安政2年（1855年）真打昇進とともに圓朝を名乗る。明治33年逝去。

「……圓朝を調べろ」

「いや、わたし興信所じゃありませんから」

俺は、平気で談志師匠の話題をそらすのが好きだった。すると、談志師匠がね、

「くぅぅぅ、聞け！　この野郎！　だから、圓朝ってなんなんだよ？　圓朝、そんな偉いのかよ？」

「分かりませんよ、伝説なんだから。伝説は作られるもんなの……、『立川談志は偉いのか？』って、誰かに言われますよ」

それで、ずぅーっと神谷町からいろんな所運転させられて、

「歯医者に行こうと思ってんだ」

って、歯医者に連れていかれてね。で、付き添いの俺まで笑気ガスを吸わされて、ふらふらした拍子にガラス戸に顔ぶつけて、眼鏡欠いちまった。

「先生これ、笑気ガス吸っていつ治るんですか？」

「一時間ぐらい」

「運転大丈夫ですかね？」

「談志師匠の治療は一時間ぐらいかかりますから、大丈夫ですよ」

治療が終わって、美弥［＊11］の前の道は当時、車が入れないから、脇でもって

［＊11］美弥　銀座六丁目にあったバーの名前。七代目立川談志が行きつけにしていたが平成28年に閉店した。

停めて、

「あそこですから」

って、言ったら、向こう側で両手を上げて振って、何か言ってる。

「えっ？」

やっぱり両手を振って、何か言ってる。しょうがない、側に行くよりしょうがない、車見ながら、

「何か？」

「あぇがとぅ」

（ありがとう）って言っているのか？

それぐらいだから、極端な話を言えば、談志師匠は、俺の襲名を最後の公《おおやけ》の場にしてくれたと感じている。歌丸師匠は、俺がちゃんと、坊さんとして法衣を着て送らせてもらった。ウチの師匠は時間を全部合わせてくれた。だから、ご縁のある方って云うのは、ありがたい限りだ。

落語家として生きて来て、この三人にご縁があるって、凄いことだと思う。それも、俺は多少土足で入って行っている様な振る舞いをした。本当に、よく可愛がってくれたと思う。

可愛かったのかなぁ？　お師匠さんたちにとってねぇ。談志師匠は特に俺を試

すような質問をよくしてた。談志師匠が望んでいるような答えが帰って来るのを期待しているんだけど、俺は違う角度から談志師匠の意表を突くような答えを返していた。それがウケたのかな？　でも、当人は、

「おまえは、俺の言いそうなことを言うってことは、分かっていた」

「そう、ボクは、恐山の〝いたこ〟ですから」

「カァッー」

って、言葉にならない感心と感謝を、鼻で鳴らすような音で表してたなぁ。

「何で、よく、楽太《おまえ》、俺のところに来る？」

「好きだから」

って、言ったんだよね。

「カァッー」

って、また音を出した。で、師匠が続けて、

「タレならカイてますよ」［＊12］

嫌だよ。談志師匠にカカレたくない！

俺の落語を語る上で欠かせないもう一人の大先輩がいる。上方落語の二代目桂枝雀［＊13］師匠だ。実は、俺は不思議と前座時代から上方落語の重鎮から可愛が

［＊12］「タレをカく」　落語界の符丁、業界用語で〝タレ〟は女性のこと、〝カく〟は肉体関係を結ぶこと。

［＊13］二代目桂枝雀　素人時代からラジオのお笑い番組に出演し漫才や落語でその実力を評価されており、昭和36年三代目桂米朝に入門し桂小米となる。昭和48年二代目桂枝雀を襲名。それまでの古典落語に独自の表情や仕草などをくわえて個性豊かな爆笑落語を作り上げ一躍人気を得た。新作落語でもその才能を発揮し、さらには英語で落語を演じることにも挑戦し続けた。平成11年逝去。

られていたのだ。一番は、六代目笑福亭松鶴師匠だった。

枝雀師匠は、あんまりお付き合いがなかった。というのは、難しいお師匠さんで、割と神経質だと、聞いていたし、私自身が入り込む話題が無かった。それでも、接点というか生意気な思い出で、仙台で桂枝雀独演会をやったときに、俺がゲストに入ったことがある。

その訃報には、驚いた。(なんで、自殺するまで考え込むのかなぁ)と若い時は思っていたけど、段々分かってきたら、(ああ、面白がりの人なんだ)と。どうしたら面白くなるのか？　そればっかり考えているんだ。小米《こよね》時代に、東横落語会だったかなァ。『なんやねん』を演っていた。

「何《なん》やねんとは、何やねんとは、何やねんとは、何やねん」

ざこば兄ちゃんのネタかなァ……。

同じ会で、もう一人印象に残ったのが、二つ目のさん治［＊14］、今の小三治さんだ。強烈な印象の二人だった。

(ああ、この二人、将来、鎬《しのぎ》を削りそうだなぁ)

っと、思った。つまり面白さに関しての取り組み方が、正反対だったからだ。

それで亡くなった後、又、いろいろ残っているものを見たり聴いたりしている と、面白くなってきちゃってね。フッと何か演りたくなって、で、ちょうどりょ

［＊14］さん治　十代目柳家小三治の二つ目時代の名前。昭和34年五代目柳家小さんに入門、前座名小たけ、38年二つ目に昇進しさん治、昭和44年真打に昇進し十代目柳家小三治を襲名。平成22年から26年まで落語協会会長を務めた。現在は重要無形文化財保持者(人間国宝)である。

うば［＊15］君がまだ素人で、で、落語界に入るか入らないかって言っているときに、渋谷でもって、ざこば［＊16］兄ちゃんたちと打ち上げをやっていた。その場で、

「お父さんのあの、『いたりきたり』を演らせてくれる？」

って、言ったら、りょうば君が、

「もう何でも演ってくださいな」

それで、その演目は南光［＊17］さんも演っていて、ちょうどそこに居たから、

「『いたりきたり』演りたい」

「ああ、あれ？ あのなぁ、まぁ、ウチのお師匠さん、作りかけでなぁ」

なんて、言っていた。あの時代は、どんどんネタを作って行かないといけないし、枝雀師匠も自作自演ネタで苦労をしていた時代があった。南光さんが言うには、

「わしも演るけど、あれは……」

南光さんが続けてね、

「あっ、こんなところに定期が落ちている。（拾い上げる所作）有効期限も乗車区間もない。名前も書いてない。何で俺、定期って分かったんだろう？」

って、ね、「そういう落語なんです」と、南光さんが分析していた。

［＊15］りょうば　桂りょうば。桂枝雀の長男。劇団やロックバンド活動を経て平成27年二代目桂ざこば入門し桂りょうばとなる。

［＊16］ざこば　二代目桂ざこば。昭和38年三代目桂米朝に入門し、朝丸。昭和63年に二代目桂ざこばを襲名した。朝丸時代にテレビ「ウィークエンダー」での活躍で有名になった。

［＊17］南光　三代目桂南光。昭和45年二代目桂枝雀に入門し、べかこ。平成5年三代目桂南光を襲名した。テレビ・タレントとしても早くから売れて、関西の朝の番組で活躍中。

で、俺が、聴き込んでいくうちに、

「いや、これで作りたかったのは、そういう方向なのか？　クエスチョンマークなのか？」

で、自分が持っている講演のネタやなんかをはめ込んでいくうちに、「生きる」ということと「死ぬ」ということ、「生死」、（思い切って哲学に持って行っちゃえ）って、今の俺の『行ったり来たり』の形にした。南光さんがそれを聴いてくれて、

「まぁー、よくこの形に持って行ってくれました。これだったら、ウチのお師匠さんも納得でしょう」

って、ざこば兄ちゃんも聴いて、

「これぇ、寺で演ったらええねん、寺で。講演みたいな落語やぁ」

そういう言い方をしてくれた。

俺みたいな落語の経歴だと、若い時から圓生を聴き、志ん生を聴き、圓楽が居なくなっちゃって、志ん朝師匠も亡くなっちゃって、談志師匠いなくなっちゃって、で、（もう、どうすりゃいいんだ）って時に、『一文笛』にぶつかって感動するんだよね。で、ざこば兄ちゃんに『一文笛』を教わって、で、その後に『行ったり来たり』を作りはじめて、そうしたら『まめだ』を見《め》っけて、（これぇ、使える

なぁ）って思って、『まめだ』を教わって、それで、文枝［＊18］師に『読書の時間』を教わった。俺のネタを見た人はね、

「米朝事務所の方ですか？」

「上方の人⁉」

って、言われるほどだったね。上方落語に夢中になって取り組んだ時期があった。それで、自分の中での東西交流が始まった。だから、『博多・天神落語まつり』のアイデアが浮かんだ。

『博多・天神落語まつり』が出来上がったきっかけは、それこそ酒飲み話で、『アム・トゥーワン』って会社が博多にあって、今は会長に退いている菊田さんと、博多の独演会の後、中洲で飲んでいた。そのときに、菊田さんがね、

「独演会とか二人会とかで、皆さんちょくちょく来るけど、出来れば一遍にね、わぁーっと同時期に出来ないもんですかね？　お祭りみたいに」

って、言うから、俺は答えたんだ。

「出来るよ」

「出来るんですか？」

「出来るよ、スケジュール合わせれば、いいだけなんだから」

［＊18］文枝　六代目桂文枝。昭和41年五代目桂文枝（当時は小文枝）に入門し、三枝を名乗り、以来長い間テレビ・タレントとして一線で活躍している。また落語家としては200席以上の創作落語を生み出し、中には東西を問わずに受け継がれスタンダードとなった落語『妻の旅行』『背なで老いてる唐獅子牡丹』などが多くある。平成24年六代目桂文枝を襲名した。平成15年から30年まで上方落語協会の会長職を務め、多方面で大きな功績を残している。

だから一年前に出演させたい落語家からスケジュールをもらって、顔付けを作って、そっちがスタッフとして動いてくれればって、説明した。すると、

「チケット売れますかね？」

「チケット売れるかどうかは、勝負だよ。宣伝と、テレビ局、新聞社を付けて、協賛も付けて」

って、話した。俺も酒の席だから、

「赤字出たら、二人で背負おうぜ。それで、はじめようか？」

って、言ったんだ。

「いいんですか？」

「いいよ、俺も言いだした手前、失敗したら俺が半分持つから」

「分かりました。じゃあ」

「こっちも、吐いた唾は飲まないから」

その侠気《おとこぎ》って云うか、俺と菊田さんの二人のスタンスが、ぴったり合ったんだと思うよね。それで、

「どっかの会社じゃなくて、三遊亭円楽プロデュースでやってください。師匠の名前で噺家を集めたい」

と、言ってもくれた。向こうのスタッフも最初は、

「えー？ 落語まつりって、博多《こんな》ところで」

って、言っていたのが、やがて皆、面白がって手伝ってくれて、寄ってたかって大きくしてくれたと思う。落語の関係者がよく質問する。

「反対される噺家さんとか、いらっしゃらなかったんですか？」

で、俺はこう答える。

「反対できないでしょ。だって、落語界の中には野党は居ないからね」

競う奴は居ても、野党は居ない。良いことやっているのに、反対する必要はない。「やっちゃいかん」ってこともないしね。その場合は、「参加しない」って言えばいい。人選はこっちがやるから、逆に言うと、「呼んで欲しい。出してください」は、多い。だから西の文枝さんが、

「賞を獲った人間とか、そういうのはなるべく御褒美として出してあげてください。博多の話は広がっていますから、出してあげてください、一コマでも」

って、言ってくれる。

「そりゃぁ、いいことですねぇ。じゃあ、こっちもそうしましょう」

って、答えてね。俺もあちこちのテレビ局の演芸コンクールの受賞者とか、落語賞の受賞者の情報を集めるようになった。ＮＨＫとか「繁昌亭大賞」［＊19］とかね。

［＊19］繁昌亭大賞 大阪にある落語定席〝天満天神繁昌亭〟が上方落語発展の為、平成19年に創設した賞である。この寄席自体が平成18年に上方の落語家たちの努力と地域の協力により建設されたもの。

個人的には、顔付けをしている最中が一番大変だけど、一番楽しい時間だ。スケジュールを皆からもらって、公演の枠を横目で睨みながらジグソーパズルをはじめる訳だ。バランスよく、無駄なく、……当人の希望で一泊させないで帰すとかね。中には（一泊させたいなぁ、こいつと飲むと面白いしな）って、そんな我儘も入れて考える。（テーマは何にしよう）だとかね。プログラムごとのミニタイトルも、全部俺が付けている。平成三十年で面白かったのは、「三平包囲網」だ。何だか分からないけど、皆で虐めちゃおう。

いまじゃ、『博多・天神落語まつり』も、日本全国からお客が集まるようになった。まあ、観光がてらでも満足だ。『大銀座落語祭』［＊20］が残念な形で終わっちゃったから、自分では丁寧に制作したつもりだ。

東京でも、『博多・天神落語まつり』スタイルの「落語まつり」は、やろうと思えば出来る筈だ。東京は寄席がある。だから、やるのなら寄席を巻き込まなきゃだめ。「大東京落語祭」プラス「大東京寄席祭」としてね。で、寄席の方は色物を含めた、所謂、良い顔がポンポンと流れ込んで、四派全部一緒に演って。で、ホールの方は、東西交流があってもいいし、ベテランとの交流があってもいいし、強烈な色付けがポイントだ。

そして博多が何で良いかって、エリアが狭いからだ。東京でも、地下鉄で動い

［＊20］大銀座落語祭　平成16年から20年までの5年間、夏の銀座界隈の様々なホールで数日間にわたり落語を楽しもうと開催されたイベント。関東関西問わず多くの落語家が出演した。主催は六人の会（春風亭小朝、笑福亭鶴瓶、林家正蔵、春風亭昇太、立川志の輔、柳家花緑）。

たって、他の交通手段でも時間が読めるから、大丈夫。

平成三十一年には、俺のプロデュースで『さっぽろ落語まつり』の立ち上げも行った。こうした協会、東西の垣根を越えた「落語まつり」をプロデュースしていくうちに、俺は本来の落語のあるべき姿と、これからの俺とのかかわり方を強烈に意識することになる。

かくして平成が三十年の四月で終わり、令和元年となった。令和二年の二月に、俺は古稀の七十歳になる。「いつまでも若いね」って言われることが多いが、ウチの師匠は七十六歳、談志師匠は七十五歳で亡くなっているから、俺に残された時間は五、六年と言えなくもない。だから、(今後の人生をどう生きようか?)と考えることが多くなった。

談志師匠は、「人生、成り行き」で生きて来た。俺は、「言い成り」で生きて来たと思うから、古稀を契機に自分から能動的な生き方に変えようと思っていた。思えば、入門したのもウチの師匠から頼まれて、『笑点』のレギュラー出演者になったのも運に流されて、円楽の名を継いだのも先代から願われてのことだった。今の俺の立場だと、自分が良い方向へ変われば、未来に繋ぐ落語界も良い方向へ変わることだと思う。

俺が変わることとは、具体的に、〝止め名〟［＊21］になっている三遊亭圓生の名前を俺が継いで、一旦外に出そうと思いはじめていたのだ。この本も、次の最終章で、「俺が、古稀の誕生日に七代目の三遊亭圓生を継ぎます」って宣言をして脱稿するはずだった。そう、脱稿するはずだったとは、そうはいかなくなったからだ。

令和元年の夏に、俺は自分の死生観、落語観を変えるほどの思いをした。予兆はあった。その予兆とは、平成三十年の夏に見つかった肺がんだった。

［＊21］〝止め名〟 落語界においては同じ亭号の中の最高の位置にある名跡のこと。通例それ以降に他の名前を名乗ることはない。歌舞伎界や相撲界にもあるが多少意味あいが違うようである。

第八章　流れつくか圓生に

平成三十年に歌丸師匠が亡くなり、憧れていた恩人の世代の落語家の殆どが鬼籍に入った。俺の師匠である先代の圓楽、スリルたっぷりのお付き合いだったけど楽しかった談志師匠、そして尊敬のあまり人間国宝に勝手に推薦して署名運動までして叱られた歌丸師匠……、背中を追っていた恩人、大先輩の姿が次々と消えた……。

いつの間にか、この俺も落語界を牽引しているトップランナーの一人になっていたのだ。……ホントかね？　その自覚は、俺の心に〝消しゴム〟を持たせた。その消しゴムとは、先代の五代目三遊亭圓楽の名前を世間から消す覚悟のことだ。圓楽は、今、生きて落語を演っている六代目円楽のことだと、俺にも世間にも思わせる覚悟のことだった。

そして歌丸師匠が亡くなったときに俺は、噺家としての己を自己分析してみた。

先輩の噺家や、落語通のマニアの方の中には、俺のことを嫌いな人もいるだろう。どの時代でも、若くしてテレビで売れた落語家の宿命だと思っている。だけど、今の落語のお客さんの中で、ちゃんと現実を見て考えている人たちは、俺のことを、認めてくれるようになって来たと思う。「名人上手」［＊1］のレベルで考えると、自分でも達人の域に近くはなって来たし、『圓朝祭』［＊2］などの重要なプログラムに必要な人間に、少しは成れた気がするし、……そう思っている最中に、癌が見つかった……。

それまでのネタ、「歌丸師匠が（あの世から）呼んでいる」で演っている通りの展開だった。七月二日に歌丸師匠が亡くなった後で、毎年の定期検診を受けた。そこで、別の治療がきっかけで肺がんが見つかったんだ。

別の検査とは、三年ほど前から指摘されていた十二指腸の腺腫《せんしゅ》で、二回の細胞検査で、「良性だ」と診断されていた。放っておいてもいいし、変化もない。でも、医師から、

「あとで悪戯することもあるし、わたしは今手術で取ったほうが良いと判断します。今はレーザーメスで、簡単に取れるから」

と、勧められて、大きな病院を紹介してくれた。で、そこの先生が、

［＊1］名人上手　ある技芸において、他を抜きん出た才能、能力を持った人を言う。

［＊2］圓朝祭　毎年8月に催されるホール落語の名称。当初は伝統ある東横落語会の8月興行を圓朝忌にちなんでこう称していたが、昭和60年の東横落語会終了後は、ジュゲムスマイルズという事務所が独自にこの名称で会を開いている。ある程度の人気と実力を備えた落語家が出演するとされている。

「これは一週間の絶食に近い形になりますけど、丁寧にやらせてもらいます」

って、入院前と手術前に二回検査した。その二回の検査結果を、たまたま見た同じ病院の呼吸器内科の先生が、

「CTの画像の肺に、小さな影がある。それがちょっと、一回目から二回目の検査にかけて大きくなっている気がします。その変化が微妙なのだけど、何か嫌な感じがする。入院しているんだから、気管視鏡検査をさせてください」

って、言ってくれた。

俺はそういうことは、プロはプロ、餅は餅屋と思っているから、

「じゃあ、お願いしますよ、どうせ病院《ここ》に居たって暇なんだから」

と、言って、気管視鏡で、その影の細胞を取ってもらった。元の手術の退院までに病理検査の結果が出ると云うことで、退院の二日ぐらい前かな？　検査結果を知らされた。

「実は、癌です」

「えっ！」

本当に小噺じゃねえけど、噺家の悲しい性《さが》なのか、

「どんな気持ちですか？」

「ガーン（癌）」

ですよ。俺が変にツイているのは、執刀医が『がん研』からスカウトされた名医で、仲間の医師が他の病気の検査の画像で、しかも僅か1ミリか2ミリの大きさの変化で見抜いてくれたことだ。で、外科の先生が、

「ダビンチと云うロボット手術が、この四月から保険適用になったんですよ。師匠、ツイていますね？」

「そんなもんね、先生、(癌に) ならねえほうがツイているんだけどね」

「まあ、悪い中では、ツイてるんでしょうね」

で、ダビンチで手術《やった》から一週間で出られた。それで、その先生がね、

「手術は完璧でした」

って、医者の当人が、「完璧だった」って、普通は言わないですよ。「あとはリハビリしてください」って、退院の日を通知された。それで退院の二週間後の検査に行ったら、先生が、

「『リハビリ頑張ってください』って言いましたけど、あんなに頑張るとは思わなかった」

新聞の記事を読んだらしいんですよ。退院の翌日に、『にぎわい座』で三席、両国で一席演った。(バカじゃねえか) と思うくらい喋った。

肺がん手術の復帰直後に、いろんな新聞記事が出た。病気のことばかり質問し

たり書いたりする記者の中で一人だけ、

「命に係わる大病をして、一皮むけた芸風になりましたね」

って、言ってくれた記者がいた。あとで、その女性記者は、

「わたし、生意気ですか？」

って、言っていたけど、とんでもない、彼女は俺の術後の心配を吹き飛ばしてくれた。自信にもなったし、感謝したい。

実は肺の上葉を切除して、肺活量が減った。けども、逆にそれによってブレスがスッと抑えられた。あるいは息が続かないことを逆手にとって、間《ま》が変わった感があったのだ。けれど、人情噺では勢いを抑えられる利点もあるから、それはそれで芸の変化を楽しんでいたんだ。

手術後は、三か月ごとの検査や、術後補助的化学療法ってんで、勧められるままにやっていた。平成三十一年の四月に、執刀医の先生の診察があった。

「順調ですね。三か月おきに見ていくような状態になりますけれども、まあまあ、丁寧にやりましょう」

って、言われて、あとは普通の生活をしていた。そうしたら、五月の途中から、何か高座で、もやもやになって来て、……それで六月になると、高座で演じてる最中に落語がどっかに行っちゃうときがあった……、こんなことは芸歴にし

て五十年近く演って、一度だってなかったのに……。

　知り合いの医者に訊いたら「ストレスかも知れないから、心療内科も受けたほうが良い」って、言われた。で、肺がんを見つけてくれた主治医の先生が、いい先生でメアドも教えてくれていた。「何かあったらメールください」って、言われていたからメールをしたんだ。

「先生、落語が出来なくなっちゃいました」

「どうしたんですか？」

「日常会話は大丈夫なんですけど、落語に入ると、何を言っているのか分からなくなって……、自分で不安になって来て、（噺がどこかへ行っちゃった）と思うんですよ。昔なら、その場でセリフも作れたのに、セリフが出来ないどころか、セリフが、ずれて行っちゃうんですよ」

「じゃあ、水曜日来られますか？　その日だったら、わたし出勤していますから。ＭＲＩの予約も取りますから、ＭＲＩをとりあえずかけておきましょう」

　頭部のＭＲＩを撮ってもらって、「後日、診療結果をお話しします」と云うことだったので、俺は会計しようとロビーで待っていた。そうしたら、看護師が呼びに来て、

「先生が呼んでますから、もう一回戻ってください」

診察室に入ったら、俺の頭のＭＲＩ画像がパソコンのモニターに映し出されていてね、先生が、

「はっきり言いますけど、脳腫瘍です」

噺家の悲しい性がまた出た。

「俺、どうしよう（脳腫瘍）？」

って、云う洒落が出来た。そう、ふざけている場合じゃないんだってことは、分かっていたんだけどね。

「で、どうしたら、いいんですか」

「即、入院してください」

結局、脳腫瘍は左の前頭葉を腫らしていた。そこは言語野の記憶部分で、日常生活では普通に喋れていた理由につながる。だから落語家でなく普通の人だったら、直ぐに脳腫瘍を発見出来なかった可能性もあった。

先生が、凄く素早い判断をして、入院手続きと並行して治療方針を決めてくれた。ステロイドで腫れをひかせ、放射線で治療する。俺は、開頭手術と思っていたけど、本当に医学は日進月歩。今の脳外科で、開頭手術って云うのは、極稀だそうだ。脳腫瘍の場合は、ラジオサージャリー、定位放射線治療と云って放射線を当てる位置を決めて、コンピューターで計算して、余計なところに放射線が当

たらない様に印をつけたマスクを作る。放射線を照射するときは、俺の頭部を固定して動かないようにして、放射線を照射する機械が、俺の頭のまわりをグルグルと動くんだ。そのデータを作るまでに、四、五日かかるから、それを待っていた。

で、入院中に高熱が出ちゃってね。それで、ネタも出来たんですけどね。高熱のせいで凄く震えが来てね、ガタガタガタガタ震える手で体温計を脇に挟んだ。身体全身が震えちゃって、(俺、このままだと死んじゃうのかな)と思ったくらい。体温計が鳴って、パッと見たら体温が四十一度ある。これは意識がなくなっても、不思議じゃない。

で、直ぐ閃くのは、昼間に見ていたテレビで、新潟の胎内市で四十・五度あったと云うニュース。今日の全国の最高気温だ。(その最高気温に、俺は勝った)ってね、思った。そんなバカばっかり考えていた。(俺の体温は、日本の最高気温を超えたぞ!)

その高熱のせいで、三週間の入院の筈が一週間延びた。生前の歌丸師匠と、八月の国立演芸場の中席[＊3]のトリを代わりにとると約束していたから、入院中の病院から国立演芸場に通うことになった。でもね、病院から行った方が皆も安心するし、俺も安心だなと思っていた。声も、そこまで三週間も寝ていたから、

[＊3] 中席　寄席の興行は基本的には10日間単位のプログラムで行われる。一か月を1～10日、11～20日、21～30日の3つに分け順に上席(かみせき)、中席(なかせき)、下席(しもせき)と呼んでいる。基本的にはその10日間の主任(トリ)の落語家は代わらずに努めなければならない。

筋肉が落ちて嗄《か》れている。国立演芸場に行く前に、ちょうど医者が回診に来てくれた。

「先生、この声嗄れは？」

「それも、声帯を動かす筋肉が痩せちゃっているんですよ」

って、言う。（また、落語がちゃんと出来るようになるのだろうか？）と、術後初の高座復帰がとても不安になったけど、その心配は杞憂に終わった。

病院から国立演芸場に着いたら、音響スタッフが気遣いしてくれて、声が未だ出ないだろうからと、普段はつけないワイヤレスのピンマイクを着物に付けてくれた。いざ、高座に出て喋ってみると……声が出ないとか、声が薄いとか、そういう以前の問題で、セリフが出て来る嬉しさ！　治療前までは、噺を思い出せなくて、自分がどこを喋っているのか分からなくなっちゃっていたのが、『浜野矩随』［＊4］を演りはじめたら、セリフは出て来る、場面は出て来る。『浜野矩随』は、その前に『さっぽろ落語まつり』で演って、仕込み忘れがあって、あとで強引に修正していた。

「『かっぱ狸』［＊5］を仕込み忘れて、あとで泣きついたなぁ」

って、登場人物のおっかさんに泣きつくように演った。あれだって忘れたか

［＊4］落語の演目『浜野矩随』（はまののりゆき） 腰元彫の名人浜野矩安（のりやす）の倅・矩随は死んだ父のようにはうまく彫れない。それが理由で江戸中の骨董屋から見放されてしまうが、若狭屋甚兵衛だけはどんな物でも買い上げてくれた。ところがある日もう来るなと手切れ金を渡される。悄然として帰ってきた息子に母は自分のために観音様を彫ってくれと頼んだ。これが名人に生まれ変わるきっかけとなる。五代目圓楽も得意にしていた人情噺。

［＊5］かっぱ狸 落語『浜野矩随』の中で、矩随が下手くそな彫り物をしていた時代に彫った〝かっぱ〟のような〝狸〟のようなものの名。

ら、とっさに演ったんだ。感情注入より落語の整合性を優先した。ところが今は、感情を優先しながら、セリフがどんどん出て来る。

「『かっぱ狸』、忘れるなよ」

って、俺を俯瞰で観ているもう一人の自分が（頭の中で）言っている訳だ。

「おい、円楽よ、『かっぱ狸』は、一度目の若狭屋の怒りでもって、出しておかなきゃダメだよ。二度目は死んじゃえって言うんだから。その勢いのところでは話題に出せねえからな」

ってね、ちゃんと、俺の落語のコンダクターが出て来た。脳腫瘍のときは、居なくなっていた奴だ。

「やったぁ！　出て来たぁ！」

って、この再会は嬉しかったね。俺は落語を演っていて、もう一人の冷静な自分が居るんですよ。それが、落語を演じている俺にアドバイスする。

「ここは、クサく演っておく？」

とか、客の様子を見ながらね。

「新しいギャグない？」

だとかね。それが出て来て、（うわぁー、嬉しい）てんで、どんどん行ったら、早くなり過ぎちゃった。若狭屋が怒鳴っているところまで、トントントンって。

（あれ、これ、たたみ込み過ぎているな、嬉しくて）って思って、演じながら矩随が帰ってから、ゆっくりやろうと考えた。

「胸に効き、腹にこたえた矩随が、とぼとぼと露月町の家まで帰ってまいりますと、

『おっかさん、ただいま帰りました』」

って、このへんから、（よし、ゆっくりゆっくり演る）と決めて、おっかさんの感情注入から、逆にクサいぐらいゆっくりで噺を持って行く。だから、親子の情が出て来て、矩随が観音像を作って、……そういうところの感情移入は、凄く素直に出来た。

嬉しかった。帰る場所があって、演るものがあるって云う嬉しさ。だから「両国寄席も休まない」って連絡してね。十三日は両国へ行って、外出許可も夜の十時まで取っておいた。両国終わった後に、餃子食って、内緒だけどもビールの小をね、入院後はじめて飲んだ。（うわぁー、ビールって苦くて美味《め》えな）と新鮮に思ったね。それで帰って病室で『報道ステーション』を見ながら、ボォーっとしていた。ここで初めて、（ようし、何とかなりそうだな）と思ったら、嬉しくて、嬉しくて、復帰した喜びを実感出来たんだ。

十日間、国立演芸場の寄席へ出て、昼夜で二回公演だった日も一日あったし、

両国もあった。だから、十日間の内に十二回喋っている。しかも、トリネタ［＊6］だから長講［＊7］ばかりを演ったんだけども、声が出て、セリフが出るもんだから、まくら振ったりなんかすると、四十五分から五十分の高座になった。凄い自信になった。

国立演芸場の寄席は、二十日に終わって、退院もしたから打ち上げをやろうと云うことになった。（立川）談春［＊8］も（桂）竹丸［＊9］もみんな来てくれて、皆で中華食べながら、竹丸と談春が二人で漫才みたいに騒いでくれてね。（あぁ、いいなぁ、楽屋とか仲間は）って、つくづく思った。翌日から三日間休みをもらっていてね、で、この休み中に、（マスコミには）言ってないけど、……劇的なことがあった。

国立演芸場の打ち上げから自宅に帰った夜、（あー、くたびれたなぁ。よし、寝るだけ寝ちゃえ）てんで、寝たけど朝に目がさめちゃったりしてね。それでも、たっぷり休んで、酒を飲んで八月二十一日を過ごした。

で、二十二日にようやくホッとして、まあ、改めて（よく頑張った。これからあと二日休んで、また少しずつ動き始めるか）って、思っていた。そうしたら二十二日の夕方、六時ぐらいに電話があって、……母親が死んだんだ。

［＊6］トリネタ　トリは10日間の寄席興行の主任のこと。その日のプログラムの最後に登場してお客さんに満足して帰っていただこうという意味合いを含むネタ選びが必要になる。ある程度の長さと内容の充実度が求められる。ただ一概にどんな噺がトリネタにふさわしいかは議論の分かれるところだ。

［＊7］長講　元々は講釈、講談、講演などを長い時間をかけてやることだが、落語の場合にも言うようになった。

［＊8］立川談春　昭和59年七代目立川談志に入門し前座名談春、平成9年真打昇進し談春のまま活動中。古典落語の名手として談志のDNAを受け継ぎ大きな評価を得た。また談志へ入門してからの落語家人生を描いたエ

九十七歳。千葉の病院に、もう三か月入院していたんだ。その前は施設に三年いた。時間があれば施設にも、病院にも見舞いに行っていたけど、病院に移ってから母は俺のことが、殆ど誰だか分からなくなっていた。

「ああ、来たの？」

って、感じでね。死んだ兄ちゃんだと思ったり、誰だか分かんなくなって病院の人だと思ったりしていた。耳も遠いから、こんな象の鼻みたいな形のノズルで話しかける。

「かあちゃーん！　分かる？」

「帰らせてくださーい！」

って、大きないい声出ているんだよね。俺より声が出るなぁって思ってね。だから、病院に居るのが嫌だったんだろうね。施設に居たときは、俺のことが分かっていて、

「帰りたいよう」

って、言っていた。それで、少し時々分かる。マダラ（ボケ）なんだね。で、俺が帰った後にね、そのう、義理のお姉ちゃんに、こう言ったんだって、

「あの子は落語で食べられてるのかね？」

って。……フフフ、止《よ》せよ。それで介護の人はね、

ッセイ「赤めだか」が講談社エッセイ賞を受賞した。現在は俳優としてもテレビのヒット・ドラマに出演し人気を得ている。

［＊9］桂竹丸　昭和56年四代目桂米丸に入門し前座名竹丸。60年同名にて二つ目に昇進、平成5年竹丸のまま真打昇進し活動中。素人時代に日本テレビ「お笑いスター誕生!!」に出演し5週勝ち抜いた。後にその時の審査員であった桂米丸に入門した。現在ラジオのDJなどで活躍中

なんて、言ってくれているんだ。それでいて、

「『笑点』、観ていますよ」

って、言っていた。時間がどっかにとんでいるんだ。で、楽ちゃんって言ったりね、チー君［＊10］って言ったりね。噺家になってから、ずぅーっと楽ちゃんって呼んでくれていた。風邪から肺炎になって入院させたら、食べられないから栄養を管で入れていた。だけど、まあ、

「落語で食べられてるのかね？」

って、言ったら、

「正直言って先生、長くないでしょ？」

「そうですね……、何とも言えませんが……」

ってなことを言っていた。母は十月の二日の生まれだから、もう九十八になる手前だった。それで、まあ、諦めはついていたのだけど……。

八月の二十二日に亡くしたでしょ？　びっくりしたのは、俺が一日休んで、「はい、お疲れ様」って言っていたら、母親当人も「はい、お疲れ様」って言って、この世から居なくなっちゃった。

俺の中では、俺の国立演芸場の十日間を見届けてくれたような思い。母親も小っちゃい頃から貧乏でね、とにかく苦労した母ちゃんが……。だから、せめて、

［＊10］チー君　六代目三遊亭円楽の本名・会泰通（あいやすみち）の下の名前のやすみち君の略称？　最後の〝ち〟の字をとって〝チー君〟と呼んでいた。

通夜と葬式をキチンとやりたいなと思っても、世間に知らせるとまたね、あちらこちらにご迷惑がかかるし、遠いし、ウチの父ちゃんのときと同じ千葉の田舎なんですよ。そこへ三波伸介さん以下、『笑点』メンバーが皆来てくれたことがあった。兄貴のときも、大勢来てくれた。それじゃあ、申し訳ないから、今回は密葬プラスご近所だけでやろうって決めた。

で、葬儀社の人が焼場と斎場の日取りをいろいろと段取りしていた。近所の方のお別れとか相談されたけど、俺もそういうところはドライだから、プロに任せますって伝えた。

結局、日取りを組んでみたら、菩提寺の住職と、焼き場の都合で、どうしてもこのインタビュー取材を受けている今日（八月二十八日）が告別式になった。で、昨日が通夜だった。昨日はＮＨＫのテレビとラジオの録音撮ってから、東ＭＡＸのラジオ出て、先に段取りしておいて通夜は間に合った。通夜で住職、親戚と話して、母ちゃんの遺体とも話をして、自分なりの「ありがとう」、小っちゃい頃からの全部のありがとうを言えることが出来た。で、告別式の今日は俺が病院に行く日で、その後インタビューだったから、兄貴の倅に任せた。今こうしている間にも、甥っ子から「無事すみました」ってメールが来てた。

今回の自分の入院と母の死で、命の価値をあらためて思い知らされた。この病気（癌）は、去年の十月に手術したあとに先生から言われている間隔よりも短く、しばらくは三週間おきの経過観察と検査で、こまめに治療をしながら付き合っていく覚悟が必要だということ。言い換えれば、今後の人生は三週間の区切りをしばらく、で、三か月毎の検査で生きていくことになる。症状が出たらモグラ叩きをして、一日でも、一か月でも、一年でも、長く生き抜く努力をすることになる。今はいい薬もあるし、医学も進歩しているからと楽観しているけど、いつかは諦めなきゃいけない日が来ることも意識している。医者は言う。

「師匠は、やることがあるんだから、それがやれる幸せを感じながら頑張っていきましょうよ。我々も、サポートしますから」

なので、そのサポートやお客様の応援に報いるためにも、これからの落語との向き合い方を考えている。

病名告知のときにすぐさま洒落を口にしたように、俺は根っからポジティブに考える質《たち》だから、病気で体力が落ちても逆に力まないから良いと思っている。それに、俺がよく医者のまくら、病気のまくらで〝病気が出るところによって悲劇だ〟と言うでしょう。職人が、例えば手が動かなくなる。細かい仕事をする人が、失明する。音楽家の耳が聞こえなくなる。それでも、それを克服する天才がいるかも知れないけれどもね。そういう意味で、今回の入院を分析すると落語家が、呂律やなんかを含めて、言語野の記憶の部分に腫瘍が出来ても、復帰出来たことは、逆に落語を演じる歓びを強烈に感じさせてくれたから、悲劇ではなく良かったことかも知れない。

思うに、病気は芸を変えてくれるね。芸を変える機会をくれる。命を獲られちゃダメだけど、命の大事さと、それから落語が出来る喜びを教えてくれるよ。

要するに、病気ってマイナスでネガティブに考えないで、ポジティブに考えれば、便利なツールに成りうると思う。ゲームに例えれば、凄い武器やアイテムを手に入れた感じだ。本当に病気で苦しんでいる人には申し訳ないと断っておいて、俺の場合は、高座のまくらで、

「この病気は、生涯付き合って行かなきゃしょうがないですからね」

なんて話をしておいて、それでちょっと頑張ると、

「凄い熱演だった。まだ体力が戻ってないのに……」

って、世間が思ってくれる。今だけだよね。大病と云う凄いツールを手に入れたと思わなきゃ、やってられるかってことだね。

国立演芸場の十日間を終えて、仲間の噺家から激励を受けた。小遊三さんが残って聴いてくれてね。

「病気する前より、上手くなったんじゃないか？」

って、噺家は面白いね。「よせよ」って言ってね。

で、好楽さんがね、きっとまくらぐらいを聴いて帰ったんだろうね。竹丸に伝言して、

「（小声で）あの、好楽師匠から伝言が……」

「何？」

「あの『五か所、間違いがあった』って」

「うるせえ」って。小朝はね、メールで来た。

「声も前より出ているし、安心した。ガス欠だった車が、ほぼ満タンに近い形になったのを見たから、頑張ってね」

って、ありがたいね。


病気とも関係している話だけど、俺は落語の個性は、口調だと思っている。厳密に言えばウチの師匠とは口調が違うけれども、押しかたのテンポだとか、引きかただとか、こういうのは歳とると似て来るのを感じはじめた。時々、談志師匠

が出て来たり、丁寧さに歌丸師匠が出て来たりだとか……。そういうのは自然と見聞きしているから、使えるモノは無意識に盗んでいるのが分かるようになって来た。息遣いって云うのをね。で、それがやがて六代目円楽の息になって来るんじゃねえかと……。あと十年長生きさせてくれれば……、それが楽しみ。

歌丸師匠が、ずぅーっと酸素吸入器をつけて高座に上がって、あそこまでしがみついていたのは、やっぱり病気と闘いながら、落語って云うところへ戻れる幸せ、それを何度も確認したがっていたのだと思う。さもなきゃ、あんな暑い最中に十日間『牡丹灯籠』［＊11］を演らないよ。歌丸師匠は、あれこれの噺で、

「楽さん、これは作り直せない部分があるんだよ」

って、言っていたけど、まだまだ工夫する気になっていた。俺はまだ酸素も付けていないし、五十分演ってもスッと立てる。こんなに痩せた足だけど、立てたんだ。自分でも、「うおっ」って嬉しい感覚が出る。で、こっちの狡《ずる》いのは、落語を間違えたら病気のせいにしようとかね、腹黒いから思っているんだ。

伊集院光がね、正月に遊びに来て、深夜まで酒飲んで、俺がべろべろになって、

「俺は、もっともっと落語が上手くなりたいんだ」

［＊11］落語の演目『牡丹灯籠』初代三遊亭圓朝作の大人気怪談噺。本来は大変に長い噺で何日もかけて続き物として語られた。タイトルの〝牡丹灯籠〟は「お露と新三郎」という章で登場する幽霊が手に提げていたもの。基本的には仇討の物語が筋としてあるのだが、その合間に人間同士の欲と怨み、呪いなどが絡んで語られてゆく。

って、言ったことをラジオで喋ったらしいけどね。だってぇ、言っちゃ悪いけど、（上手くなりてぇ）と思いますよ。この間の新宿末廣亭の寄席でね、袖で聴いていて、凄い噺を演る人が居るんだ。客はみんな下向いちゃうんだから。（そこで、その噺じゃないだろう）って、（寄席は客をウケさせろよ）って思ってね、お囃子さんの横で、

「あら、お客さん、皆、下向いちゃったけど、どうかしちゃったのかなぁ？」って、言ったら下座さんが（およしなさい）って感じで俺を叩《はた》いてね。で、もう一回見て、前座に、

「汗かいているけど、暑いかい？　熱演のふりだろ？」

いろんなことを言って、怒られちゃった。（よーし、俺が出て行って、客の顔を上げてひっくり返してやる）って、高座に上がって行ったら、滑っちゃいやんの……。感情押しが、力み過ぎた。高座ってのは、その日その日で違うし、体調で違うし、気持ちで違うから、一期一会だ。本当にそう思う。死ぬまで毎日勉強出来る幸せな職業だね。

伊集院には、酔っぱらうといろんな話をして、それをあいつがラジオで喋る。もう、俺の病室や家に来るのは、ラジオ番組のネタ探しに来ているようものだね。弟子の前でも、俺はまったく偉ぶらない。むしろ、負けは認めるプライドの

低い師匠なんだ。

伊集院《あいつ》がね、

「今ね、『天狗裁き』に凝っているんですよ。凄く面白い噺ですよね」

って、言うから、

「うん、おまえ未だ落語好きだったら、憶えて演っちゃえばいいじゃん。俺が許すから。落語って面白いよな」

って、飲みながら、

「俺だってな、まだまだ上手くなりたいしな」

って、言ったら、驚いた顔で、

「まだ、上手くなりたいんですか？」

「当たり前《めえ》じゃねえか。だって、俺、下手だもん」

「そうじゃないですよ」

で、さっきの負けを認める話になった。

「後輩でかなわねえ奴、いっぱいいるよ。志の輔、喬太郎［＊12］、三三［＊13］とかね。他にも、いい奴がいっぱい出て来てくれているから……」

でも、俺が勝てる噺もある訳。これが落語の面白さでもある。同じ噺だったら、こっちの演りかたなら俺が勝てる。でも、あいつの別の演出《これ》には勝てない。

［＊12］喬太郎　柳家喬太郎、平成元年柳家さん喬に入門し前座名さん坊。平成5年二つ目に昇進し喬太郎に改名。平成12年同名のまま抜擢で真打に昇進、12人抜きであった。古典落語も新作落語も自在に作り演じ、爆笑を巻き起こしかつまた感動を呼んで多くの落語ファンを魅了している。現在は活動の幅を広げ、俳優として映画や舞台、またテレビCMなどにも出演している。

［＊13］三三　柳家三三、平成5年十代目柳家小三治に入門し前座名小多け、平成8年二つ目に昇進し三三と改名。平成18年同名のまま真打に昇進した。平成22年にはテレビ「情熱大陸」にて取り上げられ、その人気ぶりに拍車がかかった。古典落語をきめ細やかな表現で笑わせてく

れる。

あいつの性格と想像力で作った新作には負ける。だけど、俺は古典落語を大事にしていながら変えている改良の部分では、俺も正解《あっ》ている筈だとかね。自問自答しながら、この世界に居られる。勝てる部分があまりにも少ないと、この世界には居られないからね。そうして落語が上手くなりたい大きな理由がもう一つある。

伊集院には何かのときに話した例え話なんだけど、とりあえず俺は若いときから頑張ってスタートダッシュをして、落語の世界では先頭集団のランナーで駆けて来た。で、今は、先輩たちが亡くなったから、俺は所謂放送局の演芸番組を含めると、落語界の先頭に近いところを走っている。一所懸命駆けているけど、これはね、不思議なリレーなんだ。リレー競争って云うのは、後ろから来て前へバトンを渡すだろう？　俺たちのリレーは前を走っていて、持っている落語と云うバトンを、『頼むよ』って後ろの噺家に渡して、先に走っていた俺はゴールする。『走ってくれ』って、後ろから来た人間にバトンを渡すゲームなんだ。

だから今の俺は、落語と云うバトンを持っている。このバトンをちゃんと出来る限り良い物にして渡したい。出来る限り上手くなって、磨き上げて後ろへ渡したい。そのバトンを作りたいんだ。て、その話を伊集院にした。伊集院は、理解したと思う。あれで落語を分かってなきゃねぇ、簡単なんだ。「やっぱり昔のラジオの件で、クビ」って、言えば済むからね。

俺の持っている落語を磨くということを、具体的に言うとね、例えば『お化け長屋』〔＊14〕でね、今までは、

「『あれー、泥棒！』

逃げなきゃ良かったんだが、泥棒のほうも我が身が可愛い」

このセリフは、つまり騒がれちゃ誰か来て、で、捕まる。「我が身が可愛い」だけだと、その説明は省いている。それにフッと気がついたの、国立演芸場で喋りながら。（あれ、何かねえか、何かねえか？）って。（あっ、そうか。人が来るのが、都合が悪いんだ）。だから、

「騒がれちゃマズイってんで、肩先を斬りつけた」

このほうが、言葉が近いから理に適う訳ですよ。

あのくだらねえ、ポンポンした『寄合酒』〔＊15〕だってね、

「こんちは、こんちは、こんちは、こんちは、こんちは」

「うるせえな、この野郎！　どんどん入《へえ》れ。座布団一枚《いちめえ》しかねえぞ」

って、言うのが普通。（何かねえかな、落語らしいの）って考えて、これは本当は演っちゃいけない違反をやろうと、フッと考えて、

〔＊14〕落語の演目『お化け長屋』　長屋住まいの男たち、空き部屋があるので便利に使っていたところ大家が怒ってきた。兄貴分の杢兵衛は部屋を借りたい奴が来たら自分のところに寄こせば怪談噺で追い返してやると請け合う。最初に来た奴は怖がりなのですぐに帰ってしまうが二人目はどうも威勢がよくて怖がらない。六代目円楽の得意にしている噺。

〔＊15〕落語の演目『寄合酒』　町内の若い奴らが集まって酒を飲もうということになった。酒は兄貴分が出すがアテになるものを一人一品ずつ持ち寄ろうということになり、それぞれ干物や鰹節、味噌などを都合してくるがどれもまともな方法で持ってきていない。これも六代目円楽の得意にしている噺。

「こんちは、こんちは、こんちは、こんちは」

「うるせえな、一遍に言え、一遍に！」

「いや、落語はひとりで演ってるから、一遍に言えないんだよ」

って、そこでもって客を安心させたの。そこで、客がクスってなって、（何言ってんだ?）って顔になったのが楽しいね。（なるほど）って感じ。そういう悪戯が出来るようになって来た。

『浜野矩随』はウチの師匠が貞鳳《ていほう》［＊16］さんに教わって、落語家では他に古今亭志ん生師匠等が演っているけど、今の型《かたち》にしたのはウチの師匠だ。

俺は『浜野矩随』に母親の述懐を入れて、母を殺さない『浜野矩随』を作った。そして俺はいずれ、この噺を直したいんだ。調べてみたら、本当は矩随が親父で、矩安《のりやす》が倅なの。どっかで間違えているの。だから、矩随を継ぐのが夢なんだ。浜野矩随と云う名人が四代続くんだ。

「親子二代と云いますが、代々良いものが出来まして、四代にわたって浜野矩随と云う名人と云われる人物を生み出しております」

と、言うようにきちんと整理したい。他にもたくさんあるけどまたの機会にする。

［＊16］貞鳳　一龍齋貞鳳。講談師、昭和13年一龍齋貞丈に入門し貞鳳、昭和29年同名のまま真打昇進した。テレビ番組「お笑い三人組」（江戸家猫八と三遊亭金馬［当時は小金馬］とともに）として人気者になる。昭和46年参議院選挙に立候補し当選、52年まで議員を務め国立演芸場設立に尽力したという。

前章の終わりに少し触れた三遊亭圓生の襲名に関して、小朝が最近面白い話をしてくれたんですよ。電話をかけて来てくれたの。「身体、大丈夫？」ってね。それでね、歌舞伎の中村福助［＊17］が、成駒屋の大名跡の歌右衛門を襲名しようと準備万端整えたら、脳内出血で倒れたでしょう？　あれは、冥界《むこう》のほうでもって、大反対だったらしいの。「そう思う」ってね、小朝が言うには。「まだまだ、歌右衛門じゃありませんよ」って、六代目の霊が止めたんだ。で、小朝はそのあとで、

「楽ちゃんもさあ、例の圓生襲名のまくらを聴いたんだけど、

『（六代目圓生の口調で）おまえが圓生を継いで世の中に出さないで、どうするんだ？』」

って、云うまくら。福助のことを考えると、楽ちゃんの脳腫瘍は、圓生師匠が止めたからなのかなぁ？　圓生師匠は、あの世でどう思っているんだろうね？」

って、言うから、（なるほどな）って思った。

「（六代目圓生の口調で）くだらねえ連中が、あたしの名前でごちゃごちゃ言っていますよ……、まだまだ芸も無いくせに」

って、言っていると思う。もう、圓生師は芸が至上主義だから……。ただ、藤浦敦［＊18］さんが三遊派宗家と言っているけれど、圓朝が中興の祖ならば、その

［＊17］歌舞伎の中村福助　九代目中村福助。七代目中村歌右衛門を襲名する予定で準備を進めていたが、病に倒れ現在療養中である。

［＊18］藤浦敦　映画監督であり、脚本家、落語作家であり、さらに三遊亭圓朝を祖とする落語三遊派宗家である。

圓朝の師匠の圓生の名前が三遊の祖ですからね、初代の圓生が。だから、三遊の宝であり三遊の祖だから、俺の最期にそれこそ、「もうダメだ」ってときに、圓生を継いじゃおうかな……。〝三月《みつき》の圓生〟と呼ばれてもいいかもね。

俺のこの身体で皆さんが認めてくれたら、そして俺が古稀過ぎてまだまだ出来そうだったらば、もう一度圓生を世に出すために一役買いたいというのも、噺家として、三遊亭一門の一人としての夢だと言って、サゲようか？

楽ちゃんなら、出来るでしょ？〜あとがきにかえて〜

山崎力義

私と六代目三遊亭円楽さんとは、二十代の頃からの古い付き合いです。私は六代目三遊亭圓生の息子の息子で孫にあたり、彼は祖父の弟子の息子の五代目三遊亭圓楽さんのお弟子さんなので、私の祖父から見ると孫弟子になります。同じ孫同士と云うことと、祖父の弟子や孫弟子の中で、私と同い年は彼しかいないので、若いときから一緒にお酒を飲みに行ったり、泊りがけでスキーに行ったり、もう何十年も友達付き合いをしています。

彼が楽太郎時代からのお付き合いですからね、二人だけになると、私は彼を楽《らく》ちゃんと呼び、私の名前が力義《りきよし》ですから、彼は力《りき》ちゃんと呼ぶような間柄です。

そんな日々から月日は流れ、祖父が亡くなり、祖父のことをマネージャーとして終生支え、祖父の没後は著作物を管理していた私の父親も亡くなりました。今は、私が亡き父から、祖父の著作物の管理を引き継いでいます。

楽ちゃんから、

「力ちゃん、噺家人生で初の自伝を書いたので、『あとがき』を書いてくれない？」

と、急にお願いをされました。ゲラ刷りを読んだところ、祖父の圓生、先代の圓楽さん、そして立川談志さんへのリスペクトに満ちた本で、楽ちゃんは若いときから本当にこの三人が好きで、物真似をしていたっけ……。

祖父の物真似で、今でも忘れられないのは、圓生に同行して彼も私も生まれて初めてハワイに行ったときのこと。祖父の圓生の本名は〝山崎〟、孫の私も〝山崎〟ですから、スーツケースが間違えられたのです。祖父がバスに乗り込むなり他のお客さんの前で、遠くに座っている私に向かって、

「力義！　こら、力義！　おまえさんの荷物と私のがアベコでゲス」

って、大声で言ったことがありました。それから楽ちゃんが何かとツアー客が集まっているときに、圓生の口調で「オイ、力義」と大声で呼び、百人近くいるツアーの中で悪戯をしていました。それくらいよく真似をしていましたね。

楽ちゃんに真似をされるほど愛された祖父も鬼籍に入り、もう四十年になります。祖父の晩年に落語協会分裂騒動があったり、死後数年たって圓生の名前が止め名になったり、五代目の圓楽さんが亡くなった直後に圓生襲名騒動［＊］があったりと、圓生の名はいろいろ話題になりました。この本にもちょっと書かれて

［＊］圓生襲名騒動　二〇〇八年に、三遊派の鳳楽、圓窓、圓丈の三人が七代目圓生襲名に名乗りを上げた。

いますが、遺族を代表して、『圓生襲名』に関してハッキリ申し上げます。

我々は、誰が圓生を襲名するか、指名をしたり承諾することがないと考えています。止め名にしても、法的には何の効力もありません。そういう形で噺家の名跡を遺族が私物化する意向は、全くありません。落語家の誰が七代目三遊亭圓生を襲名するのかは、世間と落語家さんが決めることで、我々はその結果を待っています。

とは言うものの五代目圓楽さんは、祖父の総領弟子だったことと、分裂騒動のときも、祖父の逝去の後も、圓生に付き従い、圓生の意向を守って落語協会に戻らないで生涯を全うした人でした。本来ならば、圓生を襲名していてもおかしくなかったと思います。なので、将来的に圓生襲名問題が五代目圓楽一門会の皆様にも納得出来る形に決着がつくことを祈っていますし、我々も心がけています。

それと、楽ちゃん……、祖父に尽くしてくれた総領弟子の圓楽さんの名前を襲名したのだから、順番から言えば、圓生襲名は「おまえさんなんだよ」って言いたい。けれど、特定の噺家さんを応援する訳にはいかない立場があるのも分かって欲しい。噺家さんと世間をきちんとまとめる能力は、楽ちゃんにはあるよ。楽ちゃんなら出来るでしょう？

流されて円楽に 流れつくか圓生に

2019年11月4日　初版第一刷発行
2022年10月25日　初版第三刷発行

著者　六代目 三遊亭円楽

解説・構成／十郎ザエモン
構成協力／ゴーラック合同会社
カバーデザイン・組版／ニシヤマツヨシ
編集協力／丸山真保

写真提供／オフィスまめかな
　　　　　ゴーラック合同会社

協力／オフィスまめかな
　　　三遊亭兼好
　　　株式会社 若竹カンパニー
　　　藤野 豊

編集人／加藤威史
発行人／後藤明信
発行所／株式会社竹書房
〒102-0075 東京都千代田区三番町8-1
三番町東急ビル 6F
email: info@takeshobo.co.jp
http://www.takeshobo.co.jp

印刷・製本／中央精版印刷株式会社

ISBN-978-4-8019-2039-2
C0093